삶은 작은 것들로

삶은 작은 것들로

장영희 문장들

샘터

행복은 어마어마한 가치나

위대한 성취에 달린 것이 아니라

우리가 별로 중요하게 생각지 않는 작은 순간들,

그러니까 무심히 건넨 한마디 말, 별생각 없이 내민 손,

은연중에 내비친 작은 미소 속에

보석처럼 숨어 있는지도 모른다.

추천의 글

아름다운 흔적을 남기고 떠난다는 것
—사랑, 희망, 그리고 문학의 삼중주

장영희 선생의 글을 읽으면 '사랑'과 '희망' 같은 평범한 단어들이 밤하늘의 별빛처럼 찬란한 존재로 다시 태어나는 느낌이다. 그녀의 글 속에서 '사랑'과 '희망'은 한 걸음 한 걸음 내디디기도 힘겨운 삶과 글쓰기를 이끌어 가는 두 개의 축이었다. 그녀에게 사랑은 모든 희망을 잃어버린 순간에도 결코 포기할 수 없는 삶의 이유였고, 희망은 살아 있는 한 결코 버려서는 안 될 삶의 자세였다.

한 살 때 소아마비로 두 다리의 자유를 잃었지만, 그 모든 치열한 삶의 흔적을 '글쓰기'의 형태로 증명하는 것. 그 간절한 글쓰기의 여정은 세상을 향한 불굴의 사랑과 삶을 향한 굽힘 없는 의지가 있었기에 비로소 가능한 것이었다. 우리는 그녀의 아름다운 글을 통해 '이 세상을 향한 장영희의 사랑'과 '장영희를 둘러싼 세상의 사랑'을 동시에 읽을 수 있다.

조용하면서도 강인한 어머니의 마음은 장영희 선생의 글 속에 늘 공기처럼 물처럼 배어 있는 사랑과 희망의 상징이다. "기동력 없는 딸이 이 세상에 발붙일 수 있는 자리를 마련하기 위해서는 목숨 바쳐 싸워야 한다고 생각한 억척스러운 전사"였던 어머니는, "눈이 오면 눈 위에 연탄재를 깔고, 비가 오면 한 손으로는 딸을 받쳐 업고 다른 한 손으로는 우산을 든 채" 오랜 시간 딸의 길과 방패가 되어 주셨다.

"상급 학교에 갈 때마다 장애를 이유로 입학시험 보는 것조차 허락되지 않던 학교들……. 나 잘할 수 있다고, 제발 한 자리 끼워 달라고 애원해도 자꾸 벼랑 끝으로 밀어내는 세상에 그래도 악착같이 매달릴 수 있었던 것"은 어머니의 사랑 덕분이었다고. 딸 앞에서 한 번도 눈물을 흘리신 적이 없었던 어머니, 이 세상의 슬픔은 눈물로 정복될 수 없다는 말 없는 가르침을 준 어머니도 가슴속으로 흐르던 '엄마의 눈물'을 숨길 수는 없었다.

그런 가없는 사랑과 보살핌 속에서, 우리가 사랑하는 장영희의 투명하면서도 섬세한 글쓰기는 태어났다. "이사벨, 삶이 더 좋은 거야. 왜냐하면 삶에는 사랑이 있기 때문에. 죽음은 좋은 거지만 사랑이 없어. 고통은 결국 사라져. 그러나 사랑은 남지."(헨리 제임스, 《여인의 초상》 중에서) 그 어떤 고통이 우리의 생을 할퀼지라도, 고통은 끝내 사라지고 사랑은 남는다.

장영희 선생은 사랑에 관한 명문장 중 최고의 것으로 《논어》에 나오는 "애지욕기생(愛之欲其生)." 즉 "누군가를 사랑한다는 것은 그 사람을 살게끔 하는 것이다"라는 말을 꼽는다. 그 사람을 살게 하는 것, 어떤 상황에서도 그 사람이 살아 낼 수 있도록 모든 것을 다 해낼 수 있는 불굴의 용기가 바로 사랑 아닐까. 아무리 힘들어도 삶을 포기하지 않는 것이야말로 '사랑받는 자의 의무'임을 떠올려 본다.

사랑이 이 고통스러운 삶을 끝내 긍정할 수 있는 능력이라면, 거꾸로 지옥이란 "다름 아닌 바로 사랑할 수 있는 능력을 상실한 데서 오는 괴로움"이니까. 그러니까 화려하고 아름다운 것들이 아닌, 오늘 지금 이 순간을 살아가는 우리들 자신의 울퉁불퉁하고 불완전한 삶 자체를 사랑하는 힘이야말로 이 세상을 더 아름답게 만드는 최고의 보물이다.

사랑과 희망에 이어 선생의 글쓰기에서 또 하나의 주춧돌은 '문학'이다. 문학에 대한 끝없는 열정이 그녀의 글 곳곳에서 살아 숨 쉬고 있다. 장영희 선생은 아무리 복잡하고 기나긴 문학 텍스트 속에서도 지극히 간명하고도 아름다운 진실을 캐낼 줄 아는 사람이다. 그녀의 글을 읽다 보면, 마음속에 항상 사랑의 갈망을 품은 사람에게만 보이는 것들이 있음을 알게 된다. 이 세상이 좀 더 아름다워질 수 있다고 믿는 사람들의 희망을 옹호하는 문학, 어떤 고난도 끝내 극복하고 운명과의 한판 싸움에서 승리하는 사람들의 이야기로 가득한 문학 작품의 숲속에서 그녀는 사랑과 희망, 그리고 용기를 배웠다.

문학 작품 속 수많은 주인공의 승리와 투쟁을 배우고 가르치고 글로 써낸 선생의 글 속에서 우리는 오늘을 다시 살아 낼 용기를, 끝내 슬픔과 고통을 이겨 낼 강인한 의지를 배운다. 나는 그녀의 글쓰기를 통해 눈물은 세상의 슬픔을 정복할 수 없지만, 사랑은 세상의 슬픔을 끝내 치유할 수 있다는 것을 배운다.

정여울(작가, 문학평론가)

차례

2

•

인생

(43)

기적 / 지도 없는 여행 / 스스로를 키운다는 것

작지만 큰 여유 / 은하수와 개미 마음 / 문장 하나 / 선함

이제 잘 살아야죠 / 선내보 / 천천히 굴러가는 / 시행착오

믿음 / 침묵 / 아무것도 / 행복이란 / 말 / 오만

최선의 것 / 나이 들어 가는 일 / 생긴 그대로

이십 대와 삼십 대 / 자기라는 감옥 / 특별한 보통의 해

어려운 것과 불가능한 것 / 거울 속의 사람들

나의 노래 / 조각 퍼즐 / 실패 없는 시험

3

•

당신

4 • 사랑

1

자연

이 찬란한 계절은 오랜만에 한번 하늘을 쳐다보고,

주위를 둘러보고,

우리 마음속 어린아이가 자유롭게

"와!" 하고 감탄하도록 내버려두기 좋은 때 같다.

"와, 어디선가 빵! 하고 꽃 폭죽이 터졌네.

어디를 보나 꽃 천지네!

하늘은 너무너무 파랗고, 강물은 반짝반짝,

꼬불꼬불, 되게 예쁘네.

와! 세상은 참 아름답구나!"

다락 속의 괴물과 빛 동그라미들, 어쩌면 내 삶을 축약하는 두 이미지인지도 모른다. 어디엔가 잠복했다가 어느 한순간 뒤통수를 내리칠 것 같은 괴물 같은 삶, 그런가 하면 태어났기 때문에, 그리고 지금 이 순간 살아 있기 때문에 빛 동그라미처럼 찬란할 수 있는 삶.

태어남은 하나의 약속이다. 나무로 태어남은 한여름에 한껏 물오른 가지로 푸르름을 뿜어내리라는 약속이고, 꽃으로 태어남은 흐드러지게 활짝 피어 그 화려함으로 이 세상에 아름다움을 더하리라는 약속이고, 짐승으로 태어남은 그 우직한 본능으로 생명의 규율을 지키리라는 약속이다.

작은 풀 한 포기, 생쥐 한 마리, 풀벌레 한 마리도 그 태어남은 이 우주 신비의 생명의 고리를 잇는 소중한 약속이다. 그중에서도 인간으로 태어남은 가장 큰 약속이고 축복이다.

불가에서는 모든 생명체 중에서 인간으로 태어날 가능성이야말로 넓은 들판 가득히 콩알을 펼쳐 놓고 하늘 꼭대기에서 바늘 한 개를 떨어뜨려 콩 한 알에 박히는 확률과 같다고 한다. 억만 분의 일의 확률로 태어나는 우리의 생명은 그러면 무엇을 약속함인가.

내 방에는 커다란 창이 있고, 창 바로 옆에는 나무가 한 그루 있다. 내 일상의 하루하루는 이 나무와 함께 시작해서 이 나무와 함께 끝난다. 매일 아침 눈을 뜨면 하트 모양의 나뭇잎들이 투명한 아침 햇살에 찬란한 금테를 두르고 있고, 오늘같이 화창한 봄날에는 창문을 열면 마치 바다 냄새 같은 향기가 나는 것 같다. 긴 하루가 지나고 침대에 누우면 달이 나뭇가지에 걸리고, 미풍에 흔들리는 잎사귀 하나하나는 꿈을 부르는 작은 깃발처럼 현실보다 더 멋진 꿈의 세계로 초대한다.

나무는 소우주이다. 새싹이 있고 잎이 있고 꽃이 있고 뿌리가 있고, 별이 걸리고 해와 달이 있고 비와 눈이 있다.

참으로 화창하고 아름다운 봄날이다. 소나기처럼 부서져 내리는 햇살 속에서 하늘도, 산도, 저 멀리 언덕 위의 작은 상자갑 같은 집들도, 길모퉁이에 선 나무들까지 모두 금테를 둘렀다. 향기로운 미풍 속에서 나는 희망과 재생의 계절, 봄의 냄새를 맡는다.

영국 시인 윌리엄 블레이크는 화사한 봄날이면 나뭇가지마다 작은 천사들이 앉아 날갯짓을 하는 환상을 자주 보았다는데, 바로 오늘 같은 날을 두고 말했나 보다. 아직 바람은 차지만 춘분이 얼마 안 남아서 그런지 부서지는 햇빛 속에 마치 금테를 두른 듯 반짝이는 나뭇가지마다 연두색 봄기운이 감돈다. 이토록 투명하고 찬란한 봄날, 재능 있는 수필가라면 저절로 멋들어진 수필이라도 한 편 나올 법하다.

얼마 전까지만 해도 눈이 오는 듯싶더니, 하룻밤 자는 사이에 갑자기 세상에 페인트칠을 다시 한 듯, 회색빛 세상이 현란한 색깔의 꽃 벽으로 변했다. 자세히 보면 마치 인상파 화가의 붓결처럼 나뭇가지마다 초록빛 점들이 찍혀 있다. 여동생 부부가 어디를 가야 할 일이 생기고 마침 어머니도 집을 비워야 해서, 가장 '융통성' 있는 스케줄을 가진 내가 이틀 동안 조카 건우의 공식적 보모로 발탁되었다.

온종일 건우와 보낸 이틀은 아직도 기억에 남을 만큼 내겐 새로운 경험이었다. 무엇보다 나는 겨우 다섯 살밖에 안 된 어린아이가 온전한 하나의 인격체라는 사실에 놀랐다. 나름대로의 생각이 있고 자기 식대로의 방법이 있고, 진정한 의미의 '대화'를 할 수 있었다.

그런데 한 가지, 건우와 내 말투 사이에 다른 점이 있다면 감탄사였다. 특히 자연에 대한 반응은 경이로움 그 자체였다. 흐드러지게 핀 백일홍 나무를 보더니 "이모, 빵! 하고 꽃 폭죽이 터졌나 봐!" 하지를 않나, 하늘을 보고는 "와, 이모, 저거 봐. 하늘 되게 크지? 와, 저 구름 좀 봐, 춤추는 하마 궁둥이 같아!" 하고 신기해하는 것이었다. 또 한번은 뜰에 구부리고 앉아 나무젓가락으로 땅을 쑤시다가 이렇게 말했다. "이모, 이 작은 게, 점만 한 게 움직여! 와, 이것도 생명이 있나 봐!" 다섯 살짜리의 어휘 속에 '생명'이라는 말이 들어 있는 것이 신기했다. 나뭇가지마다 빼곡히 핀 꽃도, 큰 하늘도, 뭉게구름도, 햇빛이 반사되는 수면도, 점만 한 생명도 내겐 너무나 익숙해서 하나도 새로울 것이 없지만, 이 세상에 태어난 지 5년이 채 안 된 건우에게는 이 모든 것들이 다 놀랍고 경이로운 것이었다.

미국의 사상가 에머슨은, 우리는 모두 오감을 넘어선 어떤 초월적인 감각을 갖고 태어난다고 했다. 즉 누구나 본능적으로 이 세상의 아름다움을 보고, 동화하고, 감격하고, 환희를 느낄 수 있는 능력을 갖고 있다는 것이다. 이 '어린아이 마음'은 불행하게도 살아가면서 삶의 무게에 짓눌려 우리 속 깊숙이 숨어 버리기 일쑤이지만 아주 사라지는 것은 아니어서, 아무리 악한 사람이라도 마음속 어딘가에는 아름다운 것을 보고 감탄할 줄 알고, 불쌍한 것을 보고 동정할 줄 아는 여리고 예쁜 마음이 있다는 것이다.

이 찬란한 계절은 오랜만에 한번 하늘을 쳐다보고, 주위를 둘러보고, 우리 마음속 어린아이가 자유롭게 "와!" 하고 감탄하도록 내버려두기 좋은 때 같다.

"와, 어디선가 빵! 하고 꽃 폭죽이 터졌네. 어디를 보나 꽃 천지네! 하늘은 너무너무 파랗고, 강물은 반짝반짝, 꼬불꼬불, 되게 예쁘네. 와! 세상은 참 아름답구나!"

오늘 아침 무심히 차에서 내리다가 문득 가을을 만났다. 언제 어디서 떨어졌는지 퇴색한 플라타너스 잎 하나가 동그마니 내 차 지붕 위에 얹혀 있었다. 어느새 비껴 내리는 햇살은 한껏 부드러워졌고, 스치듯 지나가는 바람 냄새는 풋풋했으며, 흰 구름 몽실몽실 피어 있는 하늘은 예사롭지 않게 푸르렀다. 새삼 정신을 차리고 유심히 둘러보니 이제는 나무 한 그루, 풀 한 포기마다 조금씩 소멸을 준비하는 모습이 완연했다. 아무런 생각 없이 하루하루 살아가는 내 마음이 이제는 차돌같이 굳어 아무런 틈새가 없는 줄 알았는데 웬걸, 문득 휑한 바람 한 줄기가 가슴을 훑고 지나갔다.

아, 가을이구나.

헬렌 켈러는 방금 숲속에서 산책하고 돌아온 친구에게 무엇을 보았냐고 물었다. 친구가 "뭐 특별한 건 못 봤어"라고 답하자 켈러는 어떻게 그것이 가능한가 질문한다.

"보지 못하는 나는 촉감만으로도 나뭇잎 하나하나의 섬세한 균형을 느낄 수 있습니다……. 봄이면 혹시 동면에서 깨어나는 자연의 첫 징조, 새순이라도 만져질까 살며시 나뭇가지를 쓰다듬어 봅니다. 아주 재수가 좋으면 한껏 노래하는 새의 행복한 전율을 느끼기도 합니다.

때로는 손으로 느끼는 이 모든 것을 눈으로 볼 수 있으면 하는 갈망에 사로잡힙니다. 촉감으로 그렇게 큰 기쁨을 느낄 수 있는데, 눈으로 보는 이 세상은 얼마나 아름다울까요. 그래서 꼭 사흘 동안이라도 볼 수 있다면 무엇이 제일 보고 싶을지 생각해 봅니다. 첫날은 친절과 우정으로 내 삶을 가치 있게 해 준 사람들의 얼굴을 보고 싶습니다. 그리고 남이 읽어 주는 것을 듣기만

했던, 내게 삶의 가장 깊숙한 수로를 전해 준 책들을 보고 싶습니다.

오후에는 오랫동안 숲속을 거닐며 자연의 아름다움에 취해 보겠습니다. 찬란한 노을을 볼 수 있다면, 그날 밤 아마 나는 잠을 자지 못할 겁니다. 둘째 날은 새벽에 일어나 밤이 낮으로 변하는 기적의 시간을 지켜보겠습니다. 그리고 이날 나는……."

이렇게 이어지는 헬렌 켈러의 사흘간의 '환한 세상 계획표'는 갈증과 열망이 너무나 절절해서 멀쩡히 두 눈 뜨고도 제대로 보지 않고 사는 내게는 충격이다. 그래서 오늘같이 햇빛 화사한 날 교수 업적 영 점짜리 신문 칼럼이나 쓰고 있어도 켈러가 꼭 사흘만이라도 봤으면 좋겠다고 염원하는 이 세상을 나는 사흘이 아니라 석 달, 3년, 아니 어쩌다 재수 좋으면 아직 30년도 더 볼 수 있으니 내 마음은 백 점으로 행복하다.

사랑은 버리고 버림받고 만나고 헤어지고 끊임없이 이어지는 거대한 흐름인가 보다. 때로는 사랑에 상처받고 다시는 사랑을 하지 않겠다고 다짐해 보지만 어림도 없는 일, 어느덧 다시 그 흐름에 휩쓸린다.

사랑의 순환처럼 세월도 흘러 어느덧 찰스강에 낙엽이 하나둘씩 떨어진다. 치열했던 여름이 지나고 월든 호수에 비친 단풍나무가 가슴 저리도록 아름다운 가을이 왔다. 또한 가을은 찬란한 신파의 계절! 스산한 바람 속에서 떠난 사람을 생각하면서 눈물 한 방울쯤 떨어뜨려도 괜찮을 것 같은 계절이다.

그리고 사랑을 버린 사람이든 사랑에 버림받은 사람이든, 다시 한번 가슴 아프게 떠올리며 보석 같은 눈물을 흘릴 수 있는 사랑의 추억이 있다는 것은 이 가을에 한껏 누릴 수 있는 커다란 축복이다.

가을은 슬프기 때문에 더욱 아름다운 계절이다. 그 어떤 화려하고 찬란한 색깔의 꽃이 가을 들판에서 남몰래 피었다 지는 작은 들국화의 깊고 은은한 아름다움에 비길 수 있을까. 생명력 넘치는 짙푸른 신록이 아무리 아름다운들 서서히 죽어 가는 잎들이 이루는 단풍의 신비한 색의 조화를 좇아갈 수 있을까. "죽음은 종말이 아니라 성숙의 결정(結晶)이다"라는 키츠의 말처럼 성숙은 어차피 아픔과 죽음을 수반하게 마련인지도 모른다.

"내 입 주위에 우울한 빛이 떠돌 때, 관을 쌓아 두는 창고 앞에서 저절로 발길이 멈춰질 때, 내 영혼에 축축하게 가랑비 오는 11월이 올 때, 그런 때면 나는 빨리 바다로 가야 한다는 것을 안다."(허먼 멜빌, 《백경》 중에서)

암울한 '11월의 영혼'을 치유하는 바다, 용감한 사람으로 다시 태어나게 하는 바다, 삶의 비전을 주는 바다, 길 잃은 자에게 새로운 소명을 주는 바다, 그런 바다를 내가 처음 본 것은 유학차 미국으로 가는 비행기 안에서였다. 난생처음 집을 떠나는 충격과 슬픔 속에서도 나는 뉴욕행 비행기가 육지를 벗어나자마자, 열심히 아래를 내려다보았다.

그러나 거대한 뭉게구름과 안개 사이로 감질나게 보이는 그 바다는 아무런 형태도 색깔도 없었다.

뉴욕에 도착한 바로 다음 날, 당시 그곳에 살고 있던 오빠가 제일 가고 싶은 곳을 물었을 때, 나는 자유의 여신

상도, 엠파이어 스테이트 빌딩도 아닌, "바다!"라고 대답했다.

그때 오빠가 날 데리고 간 바다가 정확히 어디였는지는 모른다. 뉴욕에서 한두 시간가량 차를 몰고 롱아일랜드 쪽으로 가자, 하얀 모래사장 건너편으로 바다가 보였다.

하지만 실망했다. 그 바다는 내가 꿈꾸어 왔던 상상 속의 바다와는 너무 거리가 멀었다. 뜨겁게 빛나는 태양에 반사되어 새파란 색깔을 띠고 있었고, 눈부신 백사장 위로는 사람 키만 한 시꺼먼 해초가 여기저기 널브러져 있었다. 내 꿈속에 있는 바다가 신비의 옷을 벗어 버린 듯, 진청색, 백색, 검은색으로 선명하게 선이 그어진 그 바다는 너무 적나라하고, 너무 강렬하게 빛났다.

그러고 나서 20년이 흘렀고, 나는 다시 바다를 보았다. 일 년에 한두 번씩 미국 가는 비행기에서 내려다본 것 외에는 롱아일랜드 바다 이후 한 번도 정식으로 바다에 가 본 적이 없었다.

그러다가 어제 본 동해의 겨울 바다—그것은 그런 포기도, 오기도 후회하게 만들었다. 끝없이 펼쳐진 연녹색 바다, 그 위로 날개를 펴고 앉는 바닷새 같은 흰 포말들, 분홍빛 저녁놀이 번져 가는 수평선 위로 점점이 반짝이는 오징어잡이 배들, 그리고 저 멀리 짧고 가느다란 세로줄 하나, 등대.

그것은 바로 어린 시절 내 꿈의 화랑에 제일 크게, 그리고 제일 가운데 자리 잡은 바다 풍경 그대로였다. 그것은 스티븐 디덜러스가 '하나의 세계, 한 줄기 빛, 한 송이 꽃'의 환영을 보고 새로운 희망을 찾는 바다였고, 릴리가 푸른색과 녹색이 어우러진 추상화 중앙에 희고 짧은 선 하나를 긋고는 완벽한 통일과 조화의 비전을 얻는, 바로 그 바다였다.

조지프 콘래드의 〈로드 짐〉에서 현자(賢者)로 등장하는 스타인은 "꿈에 빠지는 사람은 바다에 빠지는 것이다"라고 말한다. 바다는 언제나 크고, 아름답고, 위험하고, 신비하다. 그리고 그것은 꿈의 속성이기도 하다.

춥다고 웅크리기보다 일어나 뛰면 훈훈해지듯이 삶에도 반항 정신이 필요합니다. 운명으로 치부하고 주저앉기보다 일어나 반항하는 투쟁이야말로 삶을 더욱 값지게 합니다. 이제 겨울이니 봄이 멀지 않듯이, 마음의 겨울에도 분명 머지않아 봄이 찾아올 테니까요.

나무와 풀은 이 세상에서의 삶과 사랑이 치열했던 만큼 미련도 남고 아쉬움도 많으련만 이제 생명과의 이별을 저마다 다소곳하게 순명(順命)으로 준비하고 있었다. 온갖 시련에도 다시 추스르고 일어나 열매를 맺고, 마침내 스스로 마지막 순간을 준비하는 모습이 아름다웠다.

생각해 보면 나도 내 인생의 가을 문턱에 서 있다. 삶에 대한 애착이야 남겠지만 그래도 있는 날까지 있다가 내 시간이 오면, 나무처럼 풀처럼 미련을 버리고 아름답게 떠나고 싶다.

2

인생

"아무것도 하지 않는 것보다

차라리 악을 행하는 게 낫다는 것은

너무 극단적인 표현이지만,

다른 말로 하자면 '아무것도 하지 않는 것'은

살아 있지 않은 것이나 마찬가지라는 말이다."

우리가 살아가는 하루하루가 기적이고, 나는 지금 내 생활에서 그것이 진정 기적이라는 것을 잘 안다.

내일 무슨 일이 일어날지 몰라도, 운명은 미래를 계획하는 사람의 편이라고 저는 생각합니다. 운명은 울타리 위에 앉아 팔짱 끼고 관망하는 이들을 가차 없이 내칩니다. 삶은 지도가 없는 여행입니다. 스스로가 길을 발견하고 닦아야 합니다.

스스로를 크게 키운다는 말은 무슨 말일까요. 한껏 마음이 커져야 한다는 말이겠지요. 생명에 감사할 줄 알고, 세상의 치졸함과 악을 뛰어넘을 줄 알고, 한 발짝 떨어져서 삶의 아름다움을 느낄 줄 알고, 아, 그리고 기적을 일으킬 수 있는 내 마음속의 위대함을 깨닫는 일이 아닐까요.

인생이 공평한 것은, 그 누구에게도 내일이 보장되어 있지 않다는 겁니다. 어느 날 문득 가슴에 멍울이 잡힌다면, 아픈 심장을 부여잡고 쓰러진다면 그때는 이미 늦은 건지도 모릅니다. 길을 가다가 멈춰서서 파란 하늘 한번 쳐다보는 여유, 투명한 햇살 속에 반짝이는 별꽃 한번 바라보는 여유, 작지만 큰 여유입니다.

영겁의 시간 속에 비하면 우리 한평생 칠, 팔십 정도는 눈 깜짝할 순간이다. 좋은 마음으로 좋은 말만 하고 살아도 아까운 세월인데, 우리들은 타고난 재주로 이리저리 시간 쪼개어 미워할 시간, 시기할 시간, 불신할 시간, 아픔 줄 시간을 따로 마련하면서 산다.

내가 지금 존재하고 있는 이 짧은 시간, 이 하나의 점 같은 공간이 우주인 줄 알고, 도대체 왜 날 건드리냐고, 왜 날 못 잡아먹어 안달이냐고 조목조목 따지고 침 뱉고 돌아서려던 나의 개미 마음이 부끄럽다.

가끔, 무심히 들은 한마디 말, 우연히 펼친 책에서 얼핏 본 문장 하나, 별생각 없이 들은 노래 하나가 마음에 큰 진동을 줄 때가 있다. 아니, 아예 삶의 행로를 바꾸어 놓을 수도 있다.

결국 이 세상을 지탱하는 힘은 인간의 패기도, 열정도, 용기도 아니고 인간의 '선함'이라고 나는 생각한다. 인간 자체에 대한 연민, 자신뿐 아니라 남을 생각할 수 있는 그런 선함이 없다면, 그러면 세상은 금방이라도 싸움터가 되고 무너질지 모른다.

"이제 잘 살려고 해요. 다른 사람에게 해 안 끼치고 말이에요. 저야 배운 것도 없고, 돈도 없는데 다른 사람에게 좋은 일을 할 수 있나요. 제가 할 수 있는 건 그냥 다른 사람에게 해 끼치지 않도록 살려고 노력하는 것뿐이지요."

말하면서 박 씨는 수줍게 웃었다. 그에게 '잘 산다'는 말의 '잘'은 돈을 풍족하게 쓰고 높은 사회적 지위를 차지하는 것과는 무관하게 단지 남에게 해를 끼치지 않게 산다는 것이었다. 내가 이제껏 생각했던 '잘 산다'와는 사뭇 다른 것이었다.

'잘 산다'는 것에 대해서는 이미 오래전에 소크라테스도 말한 적이 있다. 그는 "잘 사는 것과 아름답게 사는 것, 의롭게 사는 것은 모두 매한가지(Living well and beautifully and justly are all one thing)"라고 했다.

물론 아름답고 의롭게 산다는 것도 추상적이고 주관적인 개념이다. 하지만 돈 없고 많이 배우지 못한 농부 박 씨처럼 잘 살아야겠다는 마음, 즉 이 세상에 태어나

남에게 큰 도움은 못 되더라도 적어도 해는 끼치지 말고 살아야겠다는 마음 자체가 기본이 되는지도 모른다.

우리 집에는 딱히 '가훈'이라고 정해 놓은 것이 없었지만 학교에서 가훈을 적어 오라면 그래도 항상 아버지 서재에 붙어 있는 '선내보(善內寶, 착한 것 속에 보물이 있다)'라는 말을 적어 가곤 했다. 부모님의 교육관은 우리를 '착하고, 건강하고, 보통인 사람들로' 키우는 것이었고, 그에 따라 우리 모두 착하고 건강하고 보통으로 잘 자랐다.

아무것도 부족함이나 모자람이 없다는 것은 어쩌면 겉보기처럼 그렇게 행복하고 멋진 일이 아닌지도 모른다.

한 귀퉁이 떨어져 나간 동그라미가 남이야 뭐라든 삐뚤삐뚤 천천히 구르며 길을 가다가 멈춰 서서 벌레와 이야기도 하고 꽃 냄새도 맡는 것이 완벽한 몸으로 너무 빨리 굴러서 헐떡거리며 노래조차 할 수 없는 완전한 동그라미 삶보다는 나아 보이는 것도 사실이다.

내가 동그라미라면 한 조각이 아니라 여러 조각, 군데군데 이가 빠져 어리둥절한 눈으로 두리번거리며 아주 천천히 굴러가는 동그라미가 되어 있을 것이다.

사는 것도 모노폴리 게임이라면, 그리고 같은 삶을 두 번 살 수 있다면…… 한 번은 연습으로, 그리고 다음번은 진짜로. 워낙 눈치 없고 배우는 게 늦으니 첫 번째 삶은 실수투성이겠지만, 두 번째 삶을 살 때는 첫 번째의 경험을 토대로 더욱 여유롭고 자신감 있게 살아갈 수 있지 않을까.

비단 나뿐만 아니라 삶에 관한 한 어쩌면 우리 모두가 '둔치'인지도 모른다. 실수하고 후회하고, 남에게 상처 주고 상처 입고, 잘못 판단하여 너무 늦게 깨닫고, 넘어지고 좌절하고, 살아가면서 겨우겨우 조금씩 터득해 가는 둔치들. 우리가 너무나 잘 알고 있는 것을 신은 모르시는 것이 아닌지—인간들은 무엇이든 경험으로 제일 잘 터득하고, '어떻게 사는가'를 배우는 방법은 실제로 시행착오를 하면서 살아 봄으로써만 가능하다는 것을. 인생이 항해이고 우리가 같은 배를 타고 두 번 여행할 수 있다면, 처음 여행 때 망망대해에서 길을 잃고 떠돌아다니면서 방향 잡는 법이나 아슬아슬하게 빙산 사이를 빠져나가는 운전 기술을 습득해야 두 번째 삶에서는 당당하고 자신감 있게 방향타를 잡고 멋지게 항해할 수 있다는 것을…….

중요한 것은 믿음입니다. 우리가 사랑하는 사람들이 이곳의 삶을 마무리하고 떠날 때 그들은 우리에게 믿음을 주는 것입니다. 자기들이 못다 한 사랑을 해 주리라는 믿음, 진실하고 용기 있는 삶을 살아 주리라는 믿음, 서로가 서로를 이해하고 받아 주리라는 믿음, 우리도 그들의 뒤를 따를 때까지 이곳에서의 귀중한 시간을 헛되이 보내지 않으리라는 믿음—그리고 그 믿음에 걸맞게 살아가는 것은 아직 이곳에 남아 있는 우리들의 몫입니다.

동서고금을 통해 '침묵은 금이다', '적게 말할수록 후회가 없다' 등 말은 적게 할수록 좋고 꼭 필요한 말만을 골라서 해야 한다고 무수히 강조해 왔다. 그러나 후회하지 않기 위해 꼭 필요한 말만 골라서 하고 침묵을 지키고 산다면 얼마나 무미건조하고 재미없는 세상이겠는가. 가끔은 실없는 소리를 해서 웃기기도 하고, 화가 나면 혼자 누군가를 향해 욕도 해 보고, 실속 있는 결과가 없더라도 잡담을 나눌 수 있는 것이 세상 사는 재미 아닌가.

엘리엇은 '아무것도 안 하는 것보다는 차라리 악을 행하는 것이 낫다. 그것은 적어도 살아 있다는 증거니까'라고 말했다. 물론 아무것도 하지 않는 것보다 차라리 악을 행하는 게 낫다는 것은 너무 극단적인 표현이지만, 다른 말로 하자면 '아무것도 하지 않는 것'은 살아 있지 않은 것이나 마찬가지라는 말이다.

행복이란 특별한 것이 아니라 그저 이 세상에서 숨 쉬고, 배고플 때 밥을 먹을 수 있고, 화장실에 갈 수 있고, 내 발로 학교에 다닐 수 있고, 내 눈으로 하늘을 쳐다볼 수 있고, 작지만 예쁜 교정을 보고, 그냥 이렇게 살아 있는 것이 행복하다고 굳게 믿는다.

행복의 기준이 이 세상에서 숨을 쉬고 있고 밥 먹고 소화 잘 시켜서 멀쩡히 화장실을 갈 수 있는 것이라면 그 조건을 완벽하게 충족시키는 내게 나머지는 무조건 다 그야말로 보너스, 대박 행복인 셈이다. 이렇게 좋은 학생을 가르치는 것도 행복이고, 학생들이 쓴 글을 독자들에게 소개할 수 있는 것도 기막힌 행운이고, 책상에 쌓인 일거리도 축복이고…… 내 삶도 보너스 행복으로 가득 차 있다.

얼마 전 전신마비 구족화가이자 시인인 이상열 씨가 쓴 〈새해 소망〉이라는 시도 생각난다.

"새해에는 더도 말고 덜도 말고 손가락 하나만 움직이게 하소서."

"여러분은 남에게 이로운 말을 하여 도움을 주고 듣는 사람에게 기쁨을 주는 말을 하십시오."
(〈에베소서 4장 29절〉)

수업 준비 때문에 성경을 들추다가 우연히 눈에 들어온 말이다. '이로운 말, 듣는 이에게 기쁨을 주는 말'— 내가 하는 수많은 말 중에 어느 정도가 그런 말에 속하는지 생각해 볼 일이다. 주변에서도 어디를 가나 함부로 생각 없이 내뱉는 말, 누구에겐가 아부하려고 하는 말, 천박한 말, 자극적인 말, 폭력적인 말, 남을 모함하고 해코지하려는 말이 난무한다. 피가 되고 살이 되는 말은커녕 들어서 불쾌한 말, 의심이 가는 말, 입에 발린 말, 말도 안 되는 말만 자꾸 들린다.

하지만 남 탓할 것 하나 없다. 매일 살아가면서 무심히 내가 한 말이 남의 마음에 비수가 되어 꽂히기도 하고, 쓸데없는 말, 해서는 안 될 말을 해 놓고 두고두고 후회하기도 한다.

간혹 이제 내 삶이 다하고 지금 내가 하는 말이 내 생애 마지막 말, 즉 나의 유언이 된다면 어떤 말을 할까 생각해 본다. 모르긴 몰라도 고르고 골라 좋은 말, 예쁜 말, 유익한 말, 누군가의 마음에 깊이 남을 수 있는 말을 하려고 노력할 것이다.

장애인이 '장애'인이 되는 것은 신체적 불편 때문이라기보다는 사회가 생산적 발전의 '장애'로 여겨 '장애인'으로 만들기 때문이다. 무언가를 못 해서가 아니라 못 하리라고 기대하기 때문에 그 기대에 부응해서 장애인이 되는 것이다. 하지만 그것은 단지 신체적 능력만을 능력으로 평가하는 비장애인들의 오만일지도 모른다.

우리는 언젠가 위대한 일을 하게 될 날을 꿈꾸며 삽니다. 원래 내 그릇은 함지박만 한데 겨우 밥공기만 채우고 있는 재능이 아까워서 슬퍼하고 좌절합니다. 그러나 시인 더글러스 맬럭은 진정한 성공은 바로 지금 하는 일에 최선을 다하고 지금 내 속에 있는 최선의 것을 끄집어내는 일이라고 말합니다. 작고 사소한 일, 손 가까이에 있는 일부터 시작해서 최고가 되면 기회는 저절로 오게 마련입니다. 태양만이 위대한 것이 아닙니다. 밤하늘에 또렷이 빛나는 별이 더 아름답습니다.

어떤 이들은 나이 들어 가는 일이 정말 슬픈 일이라고 한다. 또 어떤 이들은 나이 들어 가는 것은 정말 아름다운 일이고 노년이 가장 편하다고 한다. 그런데 내가 살아 보니 늙는다는 것은 기막히게 슬픈 일도, 그렇다고 호들갑 떨 만큼 아름다운 일도 아니다. 그야말로 젊었을 때와 마찬가지로 '그냥' 하루하루 살아갈 뿐, 색다른 감정이 새로이 생기는 것도 아니다.

또 나이가 들면 기억력은 쇠퇴하지만 연륜으로 인해 삶을 살아가는 지혜는 풍부해진다고 한다. 하지만 그것도 실감이 안 난다. 삶에 대한 노하우가 생기는 것이 아니라 단지 삶에 익숙해질 뿐이다. 말도 안 되게 부조리한 일이나 악을 많이 보고 살다 보니 내성이 생겨, 삶의 횡포에 좀 덜 놀라며 살 뿐이다.

하지만 딱 한 가지, 나이 들어 가며 내가 새롭게 느끼는 변화가 있다. 예전에는 보이지 않던 것들이 보인다. 세상의 중심이 나 자신에서 조금씩 밖으로 이동하기 시작한다. 나이가 드니까 자꾸 연로해지시는 어머니가 마음 쓰이고, 파릇파릇 자라나는 조카들이 더 애틋하고, 잊고 지내던 친구들이나 제자들의 안부가 궁금해지고, 작고 보잘것없는 것들이 더 안쓰럽게 느껴진다. 그러니까 나뿐만이 아니라 남도 보인다. 한마디로 그악스럽게 붙잡고 있던 것들을 조금씩 놓아 간다고 할까, 조금씩 마음이 착해지는 것을 느낀다.

생긴 거야 어떻든 내 눈, 코, 입이 제자리에 있어서 제 기능을 발휘하고 있는 것이 얼마나 고마운 일인지. 그리고 우리 인체란 생긴 그대로 너무나 아름답고 신비로워서, 자연의 법칙에 모든 것을 맡기고 주름이야 생기든 말든 웃고 싶을 때 실컷 우하하하 웃으며 나의 이 기막힌 아름다움을 구가하며 살면 그만이라고.

이십 대에 보는 세상은 혼돈에 가득 차 있었고 내 앞에 놓인 수많은 인생의 갈림길이 오히려 고뇌로 다가왔다. 그러나 여전히 삶은 꿈과 낭만으로 가득 차 있었으며, 송두리째 마음을 걸고 열정적으로 사랑하기를 두려워하지 않는 용기가 있었다.

그때 앞으로 내가 살아갈 삼십 대와 사십 대는 이 세상에 내가 왜 존재하는지 의미를 찾고, 나의 삶이 헛되지 않을 뿐 아니라 참으로 의미 있고 보람된 삶이라는 것을 증거하는 시기일 거라고 생각했다. 그러나 지금 와서 돌이켜 보면 '동그라미 그리려다 무심코 그린 얼굴……'이라는 노래 가사처럼 살아오면서 우연히 맞닥뜨린 소중한 '얼굴'들이 있을 뿐, '……하려다가' 말아버린, 내 의도와는 다르게 빗나가고 좌절된 꿈만이 무성한 것이 삶이다.

누군가 '명마는 뒤를 돌아보지 않고 앞만 보고 뛴다'고 했다. 나도 삶의 '명마'가 되기 위해 이제껏 뒤 한 번 안 돌아보고 좀 더 좋아 보이는 자리, 좀 더 편해 보이는 자리를 위해 질주했고, 숨 헐떡이며 지금의 이 자리까지 왔다. 그렇지만 나는 아직도 내가 누구인지 잘 모른다.

오늘 들어온 우편물 봉투마다 인쇄된 수신자 주소에는 '교수', '자문 위원', '이사', '간사' 등등 다양한 타이틀도 많지만, 그 어느 것도 진짜 내가 누구인지 말해 주지 않는다.

아이로니컬한 것은, 나는 이제껏 나만 보고 살았는데, 열심히 나를 지키고, 내가 원하는 것을 들어주고 나만을 보살피며 살았는데, 그러니까 이 세상에서 나를 제일 잘 아는 사람은 나여야 하는데, 그렇지 못하다는 것이다.

토머스 머튼이라는 신학자는 "이 세상에서 오직 하나의 참된 기쁨은 진정한 자신을 발견하는 것이고 '자기'

라는 감옥에서 빠져나오는 것"이라고 말했다. 그러나 나는 아직도 창살 없는 그 감옥에 나를 가두고 온갖 타이틀만 더덕더덕 몸에 붙인 채 아직도 내가 누군지 모르고 살아가고 있다.

나는 새해가 더도 말고 덜도 말고, 별로 '특별'하지 않은 가장 보통의 해가 되었으면 좋겠다. 무슨 특별하게 좋은 일이 일어나거나, 대박이 터지거나, 대단한 기적이 일어나지 않아도 좋으니 그저 누구나 노력한 만큼의 정당한 대가를 받고, 상식에서 벗어나는 기괴한 일이 없고, 별로 특별할 것도, 잘난 것도 없는 보통 사람들이 서로 함께 조금씩 부족함을 채워 주며 사는 세상—개인적 바람은 우리 어머니 건강이 갑자기 좋아지진 않더라도 보통쯤만 유지하고, 특별히 인기 있는 선생이 되지 않아도 보통쯤의 선생으로 학생들과 함께하고, 나의 보통 재주로 대단한 작품을 쓸 수는 없겠지만 그래도 독자들에게 보통 사람들의 보편적 진리를 위해 존재하는 문학의 가치를 조금이라도 전달할 수 있다면, 내게는 보통이 아니라 아주 특별하게 좋은 한 해가 될 것 같다.

흑인 여성으로 처음 미국의 일류 대학인 스미스칼리지 총장이 된 루스 시몬스와의 인터뷰에서 기자가 성공 비결이 무엇이냐고 물었다. 그녀는 이렇게 답했다.

"나는 '어려운 것(difficult)'과 '불가능한 것(impossible)'을 구별하고자 노력했습니다. 어려워도 가능해 보이는 일은 최선을 다해 열심히 노력했습니다. 그러나 아무리 노력해도 승산이 없다고 생각되는 일은 도전도 하지 않았습니다. 그리고 그 판단에 따라 계획했습니다."

'하면 된다'라고 아무리 아우성쳐도, 안 되는 일은 안 된다. '내가 잘할 수 있는 일이 무얼까'라고 생각하는 지혜가 새롭다. 때로는 포기도 미덕이기 때문이다.

투명한 유리에 금이나 은을 칠하면 거울이 된다. 유리를 통해서는 바깥세상도 보이고 다른 사람들도 보인다. 내가 웃고 손을 내밀면 상대방도 웃고 손을 내밀어 준다. 하지만 거울에는 자기만 보인다. 금은으로 사방에 벽을 쌓고 살아가는 사람들은 마치 거울 속 사람들처럼 자기만 바라보고 자기만 돌보며 감옥인 줄도 모르는 감옥 속에서 살아간다.

무언가를 이해하려면 진정 그것이 되어야 합니다. 나무를 이해하려면 나무가 되어야 하고 바위를 이해하려면 바위가 되어야 합니다. 상처받은 사람의 아픔을 이해하기 위해서는 '아, 저이는 참 아프겠다'고 생각하는 것만으로는 부족합니다. 그 사람을 오래 바라보고 나도 상처받은 사람이 되어야 합니다. 그렇게 '됨'으로써 그의 외면의 모습이 아니라 마음을 이해할 수 있습니다.

남이 '될' 수 있는 사람만이 나를 알 수 있습니다. 남의 마음을 이해해야 나를 알고, 나를 알아야 당당하고 아름다운 '나의 노래'를 부를 수 있습니다.

삶은 마치 조각 퍼즐 같아. 지금 네가 들고 있는 실망과 슬픔의 조각이 네 삶의 그림 어디에 속하는지는 많은 세월이 지난 다음에야 알 수 있단다. 지금은 조금 아파도, 남보다 조금 뒤떨어지는 것 같아도, 지금 네가 느끼는 배고픔, 어리석음이야말로 결국 네 삶을 더욱 풍부하게, 더욱 의미 있게 만들 힘이 된다는 것, 네게 꼭 말해 주고 싶단다. 젊은 너는 네 삶의 배부름을 위하여, 해박함을 위하여 행군할 수 있는 시간과 아름다운 용기가 있기에.

어쩌면 우리 삶 자체가 시험인지 모른다. 우리 모두 삶이라는 시험지를 앞에 두고 정답을 찾으려고 애쓴다. 그것은 용기의 시험이고, 인내와 사랑의 시험이다. 그리고 어떻게 시험을 보고 얼마만큼의 성적을 내는가는 우리들의 몫이다.

지금도 나는 가끔 생각한다. 우리에게 인생의 시험을 주는 이가 그 누구든, 어떤 문제를 내더라도 절대로 우리가 실패하기를 원치 않는다고…….

3

당신

“인간이 아름다운 이유는

슬퍼도, 또는 상처받아도 서로를 위로하며

어떻게 사랑하며 살아가는가를 추구할 줄 알기 때문이다.

그리고 문학은 그것을 우리에게 알려 준다.”

가끔 누군가의 뒷모습이 앞모습보다 더 정직하게 마음을 전한다는 생각이 든다.

동생이 태어나던 날 아침의 기억이다. 여느 때처럼 엄마 옆에서 눈을 뜨니, 밤새 동생이 태어났다고 했다. 그때 산파 아주머니가 대야에 물을 담아 들여오는데 마침 창을 통해 햇살 한 줄기가 들어왔다. 햇살은 물 위로 반사되었고 순간, 색 바랜 격자무늬 천장 위로 어른어른 빛 동그라미들이 그려졌다. 한 생명의 소식과 함께 내가 본 밝은 빛 동그라미들, 나는 아직까지 그보다 아름다운 이미지를 본 적이 없다.

결손 가정에서 자라 불우한 청소년기를 보냈다는 상호가 한번은 내게 말했다.

"저는 비행 청소년이었거든요. 세상이 싫었고 사람들이 싫었어요. 무조건 반항했죠. 그렇지만 속으로는 너무 외로웠어요. 중학교 3학년 때 담임 선생님이 무척 잘해 주셨는데도 저는 계속 말썽만 피웠어요. 근데 한번은 방과 후 패싸움을 하고 머리가 터져 왔는데, 그 선생님이 붕대를 감아 주며 말씀하셨어요. '우리 상호 피를 많이 흘리네. 어떡하지?' 그냥 상호가 아니라 '우리' 상호……라고 하셨어요. 그 말, '우리'라는 말이 제 가슴을 때렸어요. 그리고 정신 차렸죠."

상호의 삶을 바꿔 놓은 말 '우리', 정확하게 말하면 소유격 '나의(my)'라는 말은 새삼 생각하면 참 요술 같은 말이다. '나와 그 사람'이라는 평면적 관계가 '나의 그 사람'이 되면 갑자기 아주 친근한 관계, 내가 작아지고 그 사람이 커지는 소중한 관계가 된다.

살아가면서 누군가를 미워할 때 그를 '용서해야 할 이유'보다는 '용서하지 못할 이유'를 먼저 찾고, 누군가를 비난하면서 그를 '좋아해야 할 이유'보다는 '좋아하지 못할 이유'를 먼저 찾고, 마음의 문을 꽁꽁 닫아건 채 누군가를 '사랑해야 할 이유'보다는 '사랑하지 못할 이유'를 먼저 찾지는 않았는지.

간혹 내가 싫어집니다. 못생기고 힘없고 아무런 재주도 없는 내가 밉습니다. 희망으로 가득 찬 사람들, 용모가 수려한 사람들, 권세 부리는 사람들 옆에서 나는 너무나 작고 미미한 존재입니다. 하루에도 몇 번씩 주저앉아 포기하고 싶은 마음이 생깁니다.

그러나 내겐 당신이 있습니다. 내 부족함을 채워 주는 사람, 당신의 사랑이 쓰러지는 나를 일으킵니다. 내게 용기, 위로, 소망을 주는 당신. 내가 나를 버려도 나를 포기하지 않는 당신.

내 전생에 무슨 덕을 쌓았는지. 나는 정말 당신과 함께할 자격이 없는데, 내 옆에 당신을 두신 신에게 감사합니다. 나를 사랑하는 이가 이 세상에 존재한다는 것, 그것이 내 삶의 가장 커다란 힘입니다.

톨스토이는 〈세 가지 질문〉이라는 글에서 이렇게 묻는다.

"이 세상에서 가장 중요한 때는 언제인가? 가장 필요한 사람은 누구인가? 그리고 이 세상에서 가장 중요한 일은 무엇인가?"

그는 이 질문에 이렇게 답하고 있다.

"이 세상에서 가장 중요한 때는 바로 지금이고, 가장 필요한 사람은 바로 지금 내가 만나는 사람이고, 그리고 이 세상에서 가장 중요한 일은 바로 내 옆에 있는 사람에게 선을 행하는 일이다."

즉 바로 지금 내 옆에 있는 사람에게 선을 행하는 것, 그것이야말로 내 삶이 더욱 풍부해지고 내가 행복해지는 조건이라는 것이다.

내가 살아 보니 남들의 가치 기준에 따라 내 목표를 세우는 것이 얼마나 어리석고, 나를 남과 비교하는 것이 얼마나 시간 낭비이고, 그렇게 함으로써 내 가치를 깎아내리는 것이 얼마나 바보 같은 짓인 줄 알겠다. 그렇게 하는 것은 결국 중요하지 않은 것을 위해 진짜 중요한 것을 희생하고, 내 인생을 잘게 조각내어 조금씩 도랑에 집어넣는 일이기 때문이다.

내가 살아 보니까 내가 주는 친절과 사랑은 밑지는 적이 없다. 내가 남의 말만 듣고 월급 모아 주식이나 부동산에 투자한 것은 몽땅 다 망했지만, 무심히 또는 의도적으로 한 작은 선행은 절대로 없어지지 않고 누군가의 마음에 고마움으로 남아 있다. 소중한 사람을 만나는 것은 1분이 걸리고 그와 사귀는 것은 한 시간이 걸리고 그를 사랑하게 되는 것은 하루가 걸리지만, 그를 잊어버리는 것은 일생이 걸린다는 말이 있다. 그러니 남의 마음속에 좋은 기억으로 남는 것만큼 보장된 투자는 없다.

비슷하면서도 다르고, 다르면서도 또 비슷한 우리들. 앞뒤로 보따리 하나씩 메고 돌아다니면서 열심히 앞 보따리를 뒤적거려 보지만, 결국은 앞 보따리나 뒤 보따리나 속에 들어 있는 건 매한가지이다. 이렇게 보면 장점이 저렇게 보면 단점이고, 저렇게 보면 단점이 이렇게 보면 장점이다. 결국 장단점이 따로 없고, 어차피 세상을 판단하는 기준은 자기 자신이다.

가끔 누군가 내게 행한 일이 너무나 말도 안 되고 화가 나서 견딜 수 없을 때가 있다. 며칠 동안 가슴앓이하고 잠 못 자고 하다가도 문득 '만약 내가 그 사람 입장이었다면 나라도 그럴 수 있었을지 모르겠다'는 생각이 들 때가 있다. 그러면 꼭 이해하는 마음이 아니더라도 '오죽하면 그랬을까' 하는 동정심이 생기는 것이다.

물론 그러지 않았더라면 좋았겠지만, 그리고 그 대상이 나였다는 것이 너무나 억울하고 마음 아프지만, 그래도 마음의 응어리가 조금씩 풀어지면서 '까짓것, 그냥 용서해 버리자'는 마음이 생길 때가 있다. '남'의 마음을

‘나’의 마음으로 헤아릴 때 생기는 기적이다.

사람 사는 게 엎치나 뒤치나 마찬가지고, ‘나’, ‘너’, ‘남’, ‘놈’도 따지고 보면 다 그저 받침 하나, 점 하나 차이일 뿐이다. 그런데도 왜 우리는 악착같이 ‘나’와 ‘남’ 사이에 깊은 골을 파 놓고 그렇게 힘겹게 살아가는지 모르겠다.

오늘 아침에도 엄마가 연탄재 부수는 소리에 잠이 깼다. 살짝 문을 열고 보니 밤새 눈이 왔고 엄마가 연탄재를 바께쓰에 담고 계셨다. 올해는 눈이 많이 와서 우리 집 연탄재가 남아나지 않겠다. 학교 갈 때 엄마가 학교까지 몇 번이나 왔다 갔다 하면서 깔아 놓은 연탄재 때문에 흰 눈 위에 갈색 선이 그어져 있었다. 그 위로 걸으니 별로 미끄럽지 않았다. 하지만 올 때는 내리막길인 데다 눈이 얼어붙는 바람에 너무 미끄러워 엄마가 나를 업고 와야 했다. 내가 너무 무거웠는지 집에 닿았을 때 엄마는 숨을 헐떡거리고 이마에는 땀이 송송 나 있었다. 추운 겨울에 땀 흘리는 사람! 바로 우리 엄마다. 그런데 나는 문득 엄마의 이마에 흐르는 그 땀이 눈물같이 보인다고 생각했다. 나를 업고 오면서 너무 힘들어서 우셨을까, 아니면 또 '나 죽으면 넌 어떡하니' 생각하시면서 우셨을까. 엄마 20년만 기다려요. 소아마비는 누워 떡 먹기로 고치는 훌륭한 의사 되어 내가 엄마 업어 줄게요.

아버지에 대한 나의 기억은 몇 가지 두드러진 이미지로 요약된다—언제나 책상에 앉아 무엇인가 열심히 읽고 쓰시던 모습, 선량하고 장난기마저 감도는 웃음 띤 얼굴, 전화를 통해 들려오는 낭랑한 목소리, '걷고 또 걷는다'는 뜻의 우보(又步)라는 아호에 걸맞게 호리호리한 몸매에 가볍고 빠르게 걸으시던 모습. 지금도 나는 하루에도 몇 번씩 길에서 손때 묻은 책가방을 들고 팔랑팔랑 가볍게 어디론가 바쁘게 걸어가시는 아버지의 뒷모습을 본다.

이제 내 삶의 중턱을 훌쩍 넘어 버렸는데, 나는 지금껏 '마음이 외로울 때 '너뿐이야' 하고 믿어지는 그 한 사람'을 가지는 게, 그토록 아름답게 보였던 '높고 편한 자리'보다 더 소중하다는 것을 모르고 살아왔다.

그런 껍데기 말을 하기보다는 너의 그 깜깜한 세계에 내가 함께 들어갔어야 했는데……. 암흑 같은 세상에서 무서워 떠는 네 손을 잡고 '괜찮아' 하며 보듬어 안아 주었어야 했는데……. 내가 네가 되었어야 했는데, 그걸 못 했구나.

우리가 사랑했던 사람이 죽을 때, 우리의 일부분도 함께 죽는다. 그렇게 죽어도 결국 살아가게 마련인 것은 아마도 이 세상에서의 이별이 끝이 아니고, 언젠가 '저세상'에서 다시 만날 수 있으리라는 희망이 있어서인지도 모른다.

내가 느끼는 '좋은 사람'은 사회적 위치나 재정적 상태와는 상관없이 별로 튀지 않고, 마음이 넓고, 정답고, 남의 어려움을 잘 이해할 줄 아는 사람이다.

삶을 다하고 죽었을 때 신문에 기사가 나고 모든 사람이 단지 하나의 뉴스로 알게 되는 '유명한' 사람보다 누군가 그 죽음을 진정 슬퍼해 주는 '좋은' 사람이 된다면 지상에서의 삶이 헛되지 않을 것이다. 세상은 모든 사람이 알아봐 주고 대접해 주는 '유명한' 사람이 되고 싶은 사람으로 가득 차 있지만, 그래도 간혹 범서처럼 '좋은 사람'이 되고 싶은 사람들이 있어 그나마 그 온기로 뒤뚱뒤뚱 돌아가고 있는지 모른다.

어쩌면 우리들은 모두 '삶'이라는 책의 작가들이다. 프랑스 작가 조르주 상드는 "삶이라는 책에서 한 페이지만 찢어 낼 수는 없다"라고 했다. 그렇지만 한 페이지만 찢어 내지 못한다고 해서 책 전체를 불살라야만 하는가? 우리들 각자가 저자인 삶의 책에는 절망과 좌절, 고뇌로 가득 찬 페이지가 있지만 분명히 기쁨과 행복, 그리고 가슴 설레는 꿈이 담긴 페이지도 있을 것이다.

문학이란 일종의 대리 경험입니다. 시간적, 공간적, 상황적인 한계 때문에 이 세상의 모든 경험을 다 하고 살 수 없는 우리에게 문학은 삶의 다양한 경험을 제공해 줍니다. 문학 작품을 읽음으로써 내가 그 작품 속의 주인공이 되어 대리 경험을 하고, 내가 어떻게 해야 인간답게, 또 후회 없이 살아갈 수 있는가를 생각하게 되는 거예요. 한마디로 '어떻게 살아가야 하는가'를 배운다고 할 수 있습니다. 어떻게 인간관계를 맺고 남을 생각하며 살아가는가, 기계처럼 돌아가는 일상 속에서 어떻게 의미를 찾고 더 풍요롭게 살아가는가를 문학 작품을 통해 배우는 것이지요. 삶에 눈뜬다는 것은 아픈 경험이지만 이 세상을 의미 있게 살기 위해서는 꼭 겪어야 하는 통과 의례 같은 거예요.

지난 수시 입학 전형 때 어느 학생에게 "문학 하는 사람들은 어떤 사람들이라고 생각하는가?"라고 질문한 적이 있었다. 잠깐 생각하더니 그 학생은 "문학 하는 사람들은 이 세상이 조금 더 아름다워질 수 있다고 믿는 사람들이라고 생각합니다"라고 답했다. 그 어느 두꺼운 문학 이론 책보다 더 마음에 와닿는 말이었다. 맞다, 인간이 아름다운 이유는 슬퍼도, 또는 상처받아도 서로를 위로하며 어떻게 사랑하며 살아가는가를 추구할 줄 알기 때문이다. 그리고 문학은 그것을 우리에게 알려 준다.

미국의 유명한 수필가인 E. B. 화이트는 글을 잘 쓰는 비결에 대해 '인류나 인간(Man)에 대해 쓰지 말고 한 사람(man)에 대해 쓰는 것'이라고 했다. 즉 거창하고 추상적인 이론이나 일반론은 설득력이 없고, 각 개인이 삶에서 겪는 드라마나 애환에 대해 쓸 때에만 독자들의 동감을 살 수 있다는 것이다.

"영감? 영감 좋아한다. 가만히 앉아서 영감을 기다리면 아무것도 못 써. 당장 책상 앞에 앉아서 쓰기 시작해!"

말을 하고 나니 결국은 나 스스로에게 한 말이다. 사실 나는 한 번도 무슨 대단한 영감이 떠올라 그것을 다른 사람들에게 전하고픈 욕망에 불타서 글을 쓴 적이 없다. 헨리 데이비드 소로는 "내가 글을 쓰는 것이 아니라 신이 내 어깨를 움직여 글을 쓴다"라고 했지만 나는 셸리나 소로 같은 천재가 못 되니 영감만을 기다리고 앉아 있을 수는 없는 노릇이다.

그래서 할 수 없이 나는 컴퓨터 앞에 앉았다. 그리고 어떤 종류이든 지금 글을 써야 하는 독자들이 있다면 미국의 수필가 J. B. 프리스틀리의 지혜를 나누고 싶다.

"애당초 글을 쓰지 않고 살 수 있다면 좋겠지만 꼭 써야 한다면 무조건 써라. 재미없고, 골치 아프고, 아무도 읽어 주지 않아도 그래도 써라. 전혀 희망은 보이지 않고, 남들은 다 온다는 그 '영감'이라는 것이 오지 않아도 그래도 써라. 기분이 좋든 나쁘든 책상에 가서 그 얼음 같이 냉혹한 백지의 도전을 받아들여라."

“문학은 인간이 어떻게 극복하고 살아가는가를 가르친다.”

그렇다. 문학은 삶의 용기를, 사랑을, 인간다운 삶을 가르친다. 문학 속에 등장하는 인물들의 치열한 삶을, 그들의 투쟁을, 그리고 그들의 승리를 나는 배우고 가르쳤다. 문학의 힘이 단지 허상이 아니라는 걸 증명하기 위해서도 나는 다시 일어날 것이다.

4

사랑

"이 세상에서의 고통, 고뇌, 역경이 아무리 클지라도

모두 죽음과 함께 사라지지만,

사랑은 사라지지 않고

이 세상 사람들과 저세상 사람들의 기억에 남는다."

누가 말했던가. 사랑받는 자는 용감하다고. 사랑받은 기억만으로도 용감할 수 있다고.

"우리는 어려운 것에 집착하여야 합니다. 자연의 모든 것들은 어려운 것을 극복해야 자신의 고유함을 지닐 수 있습니다. 고독한 것은 어렵기 때문에 좋은 것입니다. 한 사람이 다른 사람을 사랑하는 것도 어렵기 때문에 좋은 것입니다. 아마도 내가 알기에 그것은 가장 어려운 일이고 다른 모든 행위는 그 준비 과정에 불과합니다. 젊은이들은 모든 일에 초보자이기 때문에 아직 제대로 사랑할 줄을 모릅니다. 그러나 배워야 합니다. 모든 존재를 바쳐 외롭고 수줍고 두근대는 가슴으로 사랑을 배워야 합니다. 사랑은 초기 단계에서는 다른 사람과의 합일, 조화가 아닙니다. 사랑은 우선 홀로 성숙해지고 나서 자기 스스로를 위해서, 그리고 다른 사람을 위해 하나의 세계가 되는 것입니다." (릴케, 《젊은 시인에게 보내는 편지》 중에서)

릴케에 의하면 누군가를 사랑하는 것도 자격이 필요해서, 먼저 나 스스로의 성숙한 세계를 이루어야 한다.

언제부터인가 삶의 안일주의에 빠져 어려운 것을 피하고 나의 '고유함'을 잃은 지 오래고, 남을 위해 하나의 '세계'가 되기는커녕 여전히 옹졸한 마음으로 길을 잃고 헤매며 살아가는 나는 어쩌면 사랑할 자격조차 갖추지 못했는지 모른다.

사랑이란 결국 아주 쉽고 단순한 감정—불쌍하고 약한 자를 보고 눈물 흘릴 줄 아는 마음—에서 시작하는지도 모른다. 생텍쥐페리는 "눈물을 흘릴 줄 아는 능력이야말로 인간이 가질 수 있는 최대의 부"라고 했다. 척박한 세상을 살아가며 모든 사람들의 가슴 속에 꼭꼭 숨겨 놓았던 눈물을 찾아 마음의 부자가 된다면 이 찬란한 봄에 맞는 부활의 아침이 더욱 아름답지 않을까.

사랑받는다는 것은 '진짜'가 될 수 있는 귀중한 기회이다. '사람'이라는 단어의 받침인 날카로운 ㅁ(미음)을 동그라미 ㅇ(이응)으로 바꾸면 '사랑'이 되듯이, 모난 마음은 동그랗게, 잘 깨지는 마음은 부드럽게, 너무 '비싸서' 오만한 마음은 겸손하게 누그러뜨릴 때에야 비로소 '진짜'가 되는 것이다.

그리고 '진짜'는 사랑받는 만큼 의연해질 줄 알고, 사랑받는 만큼 성숙할 줄 알며, 사랑받는 만큼 사랑할 줄 안다. '진짜'는 아파도 사랑하기를 두려워하지 않고, 남이 나를 사랑하는 이유를 의심하지 않으며, 살아가다 넘어져도 다시 일어설 수 있는 용기를 가진다.

한번 생겨난 사랑은 영원히 자리를 갖고 있다는데, 이 가을에 내 마음속에 들어올 사랑을 위해 동그랗게 빈자리 하나 마련해 본다.

사랑받기 때문에 사랑할 줄 아는 '진짜' 됨을 위하여.

나는 네가 사랑 없는 평화보다는 평화가 없어도 사랑하는 삶을 선택해 주기를 바란다. 새뮤얼 버틀러가 말한 것처럼 "살아가는 일은 결국 사랑하는 일"인지도 모르기 때문이다. 헨리 제임스는 "한껏 살아야 한다. 그렇게 살지 않는 것은 잘못이다"라고 말한다. 알베르 카뮈는 더 나아가서 "눈물 날 정도로 혼신을 다해 살아라!"라고 충고한다. 《정글북》의 작가 러디어드 키플링은 "네가 세상을 보고 미소 지으면 세상은 너를 보고 함박웃음 짓고, 네가 세상을 보고 찡그리면 세상은 너에게 화를 낼 것이다"라고 했다. 너의 아름다운 신념, 너의 꿈, 야망으로 이 세상을 보고 웃어라.

꿈을 가져라. 네가 갖고 있는 꿈이 이루어질 가능성이 설사 1퍼센트뿐이라고 해도 꿈을 가져라. "불가능을 꿈꾸는 사람을 사랑한다"라는 괴테의 말을 되새겨라. 결국 우리네 모두의 삶은 이리저리 얽혀 있어서, 공존의 아름다움을 추구할 때에야 너의 삶이 더욱 빛나고 의미 있다는 진리도 가슴에 품어라.

그리고 삶이 너무나 힘들다고 생각될 때, 나는 고통 속에서도 투혼을 가지고 인내하는 용기, 하나의 목표를 위해 자신이 갖고 있는 모든 능력과 재능을 발휘해 포기하지 않고 정정당당하게 싸우는 너의 삶의 방식을 믿는다. 절망으로 넘어져도 다시 일어나서 걸을 수 있는 용기를 가져라. 《톰 아저씨의 오두막》을 쓴 해리엣 비처 스토는 "어려움이 닥치고 모든 일이 어긋난다고 느낄 때, 이제 1분도 더 견딜 수 없다는 생각이 들 때, 그래도 포기하지 말라. 바로 그때, 바로 그곳에서 다시 기회가 올 것이기 때문이다"라고 우리에게 충고한다.

네 삶의 주인은 너뿐이다. 너만이 네 안의 잠자는 거인을 깨울 수 있다. 이제 세상에 나가 너의 젊음으로 낡은 생각들을 뒤엎고, 너의 패기로 세상의 잠든 영혼들을 깨우고, 너의 순수함으로 검은 양심들을 깨끗이 청소하고, 너의 사랑으로 외롭고 소외된 마음들을 한껏 보듬어라.

에리히 프롬은 《사랑의 기술》이라는 책에서 "미성숙한 사랑은 '당신이 필요해서 당신을 사랑합니다'라고 말하고, 성숙한 사랑은 '당신을 사랑해서 당신이 필요합니다'라고 말한다"라고 했습니다.

사랑의 기본 원칙은 내 삶 속에서 상대방의 존재 가치를 인정하는 것입니다. 그래서 사랑을 하면 세상의 중심이 내 안에서 바깥으로 이동하여 마음이 한없이 커지고 순해집니다. 열매가 주렁주렁 열린 아름드리나무뿐 아니라 길옆에 숨어 있는 작은 풀 한 포기도, 하늘을 찌를 듯 높고 멋있는 빌딩뿐 아니라 초라한 헛간도, 휘황찬란하게 밝은 네온사인뿐 아니라 희미한 가로등도, 사람들이 왁자지껄한 큰길뿐 아니라 아무도 가지 않는 외로운 길도, 이 세상에서 버림받은 것들, 하잘것없는 것들까지 모두 애틋하고 소중하게 생각됩니다.

사랑에 눈뜬다는 것은 축복입니다. 새롭게 태어나는 것과 마찬가지니까요. 함께 있으면 마치 우주를 다 가진 듯 하나도 부족함이 없는 것, 다른 곳에 한눈팔지 않고 둘만이 하나의 세계를 이루는 것, 그것이 사랑입니다.

그렇다고 서로를 소유하는 것이 사랑은 아닙니다. 각자가 하나의 세계를 가지고 둘이 하나가 되는, 그런 사랑이 진실한 사랑입니다.

e. e. 커밍스는 시에 대문자를 쓰지 않았습니다. 자신의 이름은 물론, 영어에서 대문자로 통용되는 'I'도 소문자 'i'로 사용합니다. 내가 다른 사람보다 더 중요하지 않다는 뜻이라고 합니다. 진정한 사랑은 그런 마음에서 시작되지 않을까요.

사랑하므로 그 사람이 꼭 필요해서 '나와 당신'이 아니라 '나의 당신'이라고 부르게 되는 것, 그게 사랑입니다.

'사랑하다'와 '살다'라는 동사는 어원을 좇아 올라가면 결국 같은 말에서 유래한다고 한다.

영어에서도 '살다(live)'와 '사랑하다(love)'는 철자 하나 차이일 뿐이다.

살아가는 일은 어쩌면 사랑하는 일의 연속인지도 모른다. 신을 사랑하고, 인간을 사랑하고, 나라를 사랑하고, 장미, 괴테, 모차르트, 커피를 사랑하고……. 우리들은 사랑하기 때문에 끝없이 아파하고 눈물 흘리기 일쑤지만, 살아가는 일에서 사랑하는 일을 뺀다면 삶은 허망한 그림자쇼에 불과할 것이다.

아파도 사랑해라. 사랑의 보답이 오직 눈물과 한숨뿐일지라도, 그래도 포기하지 말고 끝까지 사랑해라. 하우스먼은 시(詩)란 "상처받은 진주조개가 극심한 고통 속에서 분비 작용을 하여 진주를 만드는 일"이라고 했다. 사랑의 아픔을 겪고 나서야 너는 아름다운 영혼의 진주를 만들고 진정 아름다운 삶의 시를 쓸 수 있단다.

때로 온 마음 다해 사랑한다는 것은 아주 겁나는 일입니다. 휘날리는 눈은 맞으면 차가울까 봐 사랑하지 못하고, 아름다운 장미는 가시에 찔릴까 봐 사랑하지 못합니다. 버림받을까 봐 사랑하지 못하고, 상처받을까 봐 다가가지 못합니다.

그래서 이렇게 어영부영 살아가다가 정작 떠나야 할 날이 올 때 사랑 한번 제대로 못하고 떠난다는 회한으로 너무 마음이 아프면 어떡하지요?

존 던은 “나는 두 가지 바보이다. 사랑하기 때문에, 그리고 사랑한다고 말을 하기 때문에”라고 말합니다. 똑똑한 사람들은 사랑을 하지 않고, 사랑한다 해도 마음속에만 숨겨 놓고 입 밖에 내지 않는다는 뜻이지요. 시인이 말하는 것처럼 각자 하나이고 함께 하나 되는 사랑을 하고, ‘사랑합니다’라는 말을 아끼지 않는 ‘두 가지 바보’가 되어 보면 어떨까요.

요즘 들어 남을 이해하고 사랑하는 마음도 중요하지만, 그 사랑을 제대로 받아들일 줄 아는 마음도 그 못지않게 중요하다는 생각을 해 본다. 누군가의 사랑을 받으면서도 그 사랑을 시큰둥하게 여기거나, 아니면 그 사랑으로 인해 오히려 오만해진다면 그 사랑은 참으로 슬프고 낭비적인 사랑이다.

사랑하는 일은 막대한 시간과 에너지를 요한다. 누군가를 좋아하고 항상 배려하는 마음, 그 사람이 지금 어디서 무엇을 하고 있을까 궁금한 마음, 너무나 보고 싶은 마음, 어떤 행동이나 말을 해도 항상 의식의 언저리에 있는 그 사람의 지배를 받는 것은 대단한 영혼의 에너지를 요한다.

그런데도 우리는 고작 차 한두 대 굴리는 석유나 석탄 같은 눈에 보이는 에너지는 아까워하면서, 막상 이 우주를 움직이는 사랑이라는 에너지는 그저 무심히 흘려 버리기 일쑤다.

사랑하는 사람이 세상을 떠났습니다. 나의 세계, 나의 우주가 사라졌습니다. 그런데도 마치 아무 일 없었다는 듯, 해가 뜨고 별이 나오고 전과 같이 돌아가는 세상이 이상하고 야속합니다.

그가 없는데, 별도 해도 바다도 숲도 다 소용없습니다. '이제 하늘나라에서 평안하시다'라는 말로 위로하려고 하지 마십시오. 그가 이 세상에, 내 옆에 없다는 사실만이 중요합니다. 이제는 그의 목소리를 들을 수 없고 그의 손을 만질 수 없다는 사실만이 억울합니다.

우리는 늘 너무 늦게야 깨닫습니다. 사랑은 영원히 계속되는 것이 아니라는 걸……. 언젠가는 운명으로 이별해야 한다는 걸…….

그래서 바로 지금, 여기의 사랑이 그만큼 중요하다는 걸…….

"이저벨, 삶이 더 좋은 거야. 왜냐하면 삶에는 사랑이 있기 때문에. 죽음은 좋은 거지만 사랑이 없어. 고통은 결국 사라져. 그러나 사랑은 남지. 그걸 모르고 왜 우리가 그렇게 고통스럽게 살아가야 하는지 모르겠다. 삶에는 너무나 많은 것이 있고, 그리고 너는 아직 젊어……." (헨리 제임스, 《여인의 초상》 중에서)

'너무나 많은 것이 있는' 삶, 사랑이 있는 삶을 나는 매일 쓸데없는 말, 마음이 담기지 않은 말, 진실이 아닌 말로 낭비하고 있는 것은 아닌지. 아무리 큰 고통이라 할지라도 고통은 결국 사라지지만, 그러나 사랑은 남는 것……. 내가 사라져 버린 후에도 이 지상에 남을 수 있는 사랑을 만들기 위해 오늘 무슨 말, 무슨 일을 할까.

내가 이제껏 본 사랑에 관한 말 중 압권은 《논어》 12권 10장에 나오는 "애지욕기생(愛之欲其生)", 즉 "누군가를 사랑한다는 것은 그 사람을 살게끔 하는 것이다"라는 말이다. 겉으로 보기에 단순하지만 사랑의 모든 것을 품고 있는 말이다.

여기서 '산다'는 것은 물론 사람답게 제대로 평화와 행복을 누리는 삶을 의미하지만, 생명을 지키는 것과도 무관하지 않다. 사랑하는 일은 남의 생명을 지켜 주는 일이고, 그리고 사랑하는 사람들을 위해 내 생명을 지키는 일이 기본 조건이다. 사는 게 힘들다고, 왜 날 못살게 구느냐고 그렇게 보란 듯이 죽어 버리면, 생명을 지켜 주지 못한 채 남아 있는 사람들이 사랑할 몫도 조금씩 앗아 가는 것이다.

도스토옙스키의 마지막 장편 소설 《카라마조프가의 형제들》에서 정신적 지주로 등장하는 조시마는 "지옥이란 다름 아닌 바로 사랑할 수 있는 능력을 상실한 데서 오는 괴로움"이라고 정의한다. 또한 그는 역설한다. "대지에 입 맞추고 끊임없는 열정으로 사랑하라. 환희의 눈물로 대지를 적시고 그 눈물을 사랑하라. 또 그 환희를 부끄러워하지 말고 그것을 귀중히 여기도록 하라. 그것은 소수의 선택된 자들에게만 주어지는 신의 선물이기 때문이다."

내 삶도 이제는 가을로 접어들었지만, 아직도 나는 눈물의 열정으로 대지를 사랑하지 못하고, 내 마음의 전장(戰場)에서는 치열한 싸움만 계속되고 있다.

내게 남은 시간은 얼마일까. 앞으로 내가 몇 번이나 더 아름다운 저녁놀과 가을을 볼 수 있을까. 한 가지 확실한 건 사랑 없는 '지옥'에서 속절없이 헤매기엔 내게 남은 시간이 너무 짧다는 것이다.

마음이 담겨 있는 연애편지를 쓴다는 것은 사실 번거롭고 복잡한 일이다. 지금처럼 빛의 속도로 돌아가는 통신 시대에 이 방법은 좀 바보스럽게까지 느껴진다.

하지만 원래 사랑하는 마음 자체가 어리숙하고 바보스럽지 않은가. 빨리 내 마음에 들어오라고 해서 때맞춰 얼른 들어오고, 이제 됐으니 나가 달라고 하면 영악하고 신속하게 나가 주는 게 아니다. 느릿느릿 들어와 어느덧 마음 한가운데 떡하니 버티고 앉아 눈치 없이 아무 때나 불쑥불쑥 튀어나오고, 힘들고 거추장스러우니 제발 나가 달라고 부탁해도 바보같이 못 알아듣고 꿈쩍도 않는다.

오늘같이 추적추적 비 내리는 가을밤은 '사랑하는 당신에게'로 시작하는 편지로 바보 같은 마음을 전하기에 안성맞춤인 시간인 것 같다.

이 세상의 모든 것을 다 소유한 것 같던 사람이 죽으면서 가장 가슴 아파한 것은 결국 제대로 사랑하지 못했다는 회한이었다.

저세상 사람들이 갖고 있다는 '기(氣)'는 아마도 사랑의 기억을 말하는 건지도 모른다. 이 세상에서의 고통, 고뇌, 역경이 아무리 클지라도 모두 죽음과 함께 사라지지만, 사랑은 사라지지 않고 이 세상 사람들과 저세상 사람들의 기억에 남는다.

그래서 결국 이 세상과 저세상은 사랑이라는 커다란 고리로 연결되어 있나 보다.

5

희망

"모든 삶의 과정은 영원하지 않다.

견딜 수 없는 슬픔, 고통, 기쁨, 영광과

오욕의 순간도 어차피 지나가게 마련이다.

모든 것이 회생하는 봄에 새삼 생명을 생각해 본다.

생명이 있는 한, 이 고달픈 질곡의 삶에도 희망은 있다."

"바닷가에 매어 둔 작은 고깃배
날마다 출렁거린다
풍랑에 뒤집힐 때도 있다
화사한 날을 기다리고 있다
……
살아온 기적이 살아갈 기적이 된다고
사노라면 많은 기쁨이 있다고" (김종삼, 〈어부〉 중에서)

맞다. 지난 3년간 내가 살아온 나날은 어쩌면 기적인지도 모른다. 힘들어서, 아파서, 너무 짐이 무거워서 어떻게 살까 늘 노심초사했고 고통의 나날이 끝나지 않을 것 같았는데, 결국은 하루하루를 성실하게, 열심히 살며 잘 이겨 냈다. 그리고 이제 그런 내공의 힘으로 더욱 아름다운 기적을 만들어 갈 것이다. 내 옆을 지켜 주는 사랑하는 사람들, 그리고 다시 만난 독자들과 같은 배를 타고 삶의 그 많은 기쁨을 누리기 위하여…….

《노인과 바다》에서 가장 유명한 구절은 물고기와 싸우면서 노인이 되뇌는 말, "인간은 파괴될지언정 패배하지 않는다(Man can be destroyed, but not defeated)"이다. 인간의 육체가 갖고 있는 시한적 생명은 쉽게 끝날 수 있지만 영혼의 힘, 의지, 역경을 이겨내는 투지는 그 어떤 상황에서도 죽지 않고 지속되리라는 결의이다.

그러나 이 책에서 내가 개인적으로 제일 좋아하는 말은 노인이 죽은 물고기를 지키기 위해 혼신을 다해 상어와 싸우며 하는 말, "희망을 갖지 않는 것은 어리석다. 희망을 버리는 것은 죄악이다(It is silly not to hope. It is a sin)"이다.

삶의 요소요소마다 위험과 불행은 잠복해 있게 마련인데, 이에 맞서 '파괴될지언정 패배하지 않는' 불패의 정신으로 하루하루를 살아가는 것은 참으로 숭고하다. 그러나 희망이 없다면 그 싸움은 너무나 비장하고 슬프다. 지금의 고통이 언젠가는 사라지리라는 희망, 누군가 어둠 속에서 손을 뻗어 주리라는 희망, 내일은 내게 빛과 생명이 주어지리라는 희망, 그런 희망이 있어야 우리의 투혼도 빛나고, 노인이 물고기에 대해 느끼는 것과 같은 삶에 대한 동지애도 생긴다. 그리고 그런 희망을 가지지 않는 것은 죄이다. 빛을 보고도 눈을 감아 버리는 것은 자신을 어둠의 감옥 속에 가두어 버리는 자살 행위와 같기 때문이다.

천국이란 데가 내가 상상하는 그런 곳이라면, 그곳에는 걱정거리 하나 없고, 미워할 사람도 없고, 완벽하게 아름답고, 나쁜 일이나, 슬픈 일도 일어나지 않는다. 그곳에는 훌륭하고 좋은 사람들만 있어, 남을 비판하거나 질시하지도 않고, 언제나 인자하고 따뜻한 미소를 띠고 상냥한 말만 한다.

그런데 그런 '천국'에 정말 당장 가고 싶은지 생각해 볼 일이다. 소나기 한번 내리지 않고 거센 바람 한 줄기 불지 않는 완벽하게 아름다운 평원을 보며, 희로애락의 감정 표현 없이 언제나 미소만 짓는 사람들. 원하는 모든 것이 그대로 이루어지고, 아니 모든 것이 완벽하게 갖추어져 아예 그 무엇도 '원할' 필요가 없는 곳. 지상의 시간 개념으로 한 사흘만 살면 숨이 막힐 것 같다.

질시의 아픔을 알기 때문에 용서가 더욱 귀중하고, 죽음이 있어서 생명이 너무나 소중하고, 실연의 고통이 있기 때문에 사랑이 더욱 귀중하고, 눈물이 있기 때문에 웃는 얼굴이 더욱 눈부시지 않은가. 그리고 하루하루 극적이고 버거운 삶이 있기 때문에 평화가 값지고, 희망과 꿈을 가질 수 있는 것이다.

오늘도 하루가 지나고 이제 해가 진다. 창밖을 보니 옆집의 젊은 부부가 언제 싸웠냐는 듯 머리를 맞대고 키득키득 웃으며 오늘 아침 무너졌던 자갈탑을 다시 쌓고 있다. 그들이 지금 있는 저곳이 바로 천국이 아닐까.

길거리에서 귀여운 판다 곰 인형을 하나 사서 아름이에게 갖다주자 아름이는 눈을 동그랗게 뜨고 환한 미소를 지으며, "그런데 이모, 이걸 왜 하필이면 내게 주는데?"라고 했다. 외국에서 살다 와 우리말이 아직 서툰 아름이가 '하필이면'이라는 말을 부적합하게 쓴 예였지만, 아름이처럼 '하필이면'을 좋은 상황에 갖다 붙이자, 나의 '하필이면' 운명도 갑자기 찬란한 빛을 발하기 시작한다는 걸 깨달았다. 내가 누리는 많은 행복이 가당찮고 놀라운 것으로 변하는 것이었다.

도대체 내가 전생에 무슨 좋은 일을 했기에, 하고많은 사람들 중에 '하필이면' 내가 훌륭한 부모 밑에 태어나 좋은 형제들과 인연 맺고 이 아름다운 세상을 살고 있는가. 아무리 노력해도 헐벗고 굶주리는 사람들이 그토록 많은데 왜 '하필이면' 내가 무슨 권리로 먹을 것 입을 것 걱정 없이 편하게 살고 있는가.

또 나보다 머리 좋고 공부 열심히 하는 사람들이 얼마나 많은데 왜 '하필이면' 내가 똑똑한 학생들을 가르치고 있는가.

게다가 실수투성이 안하무인인 데다가 남을 위해 하는 일이라곤 하나 없는 나, 장영희를 '하필이면' 왜 많은 사람들이 도와주고 사랑해 주는가(우리 어머니 말씀으로는 양순하고 웃기 좋아하는 나의 성격 때문이라는데, 그렇다면 잘빠진 육체보다 아름다운 영혼을 타고난 것이 얼마나 다행인가).

'하필이면'의 이중적 의미를 생각하니 내가 지고 가는 인생의 짐이 남의 짐보다 무겁다고 아우성쳤던 좁은 소견이 새삼 부끄럽다.

창문을 여니, 우리 학생들이랑 일산 호수공원에 놀러 가기로 한 오늘, '하필이면' 날씨가 유난히 청명하고 따뜻하다.

재미있는 것은 우리는 눈을 뜨고 있는 동안 내내 행복을 추구하지만, 막상 우리가 원하던 행복을 획득하면 그 행복을 느끼는 것은 한순간이라는 것이다. 일단 그 행복에 익숙해지면 그것은 더 이상 행복이 아니기 때문이다. 그래서 행복에 관한 한 우리는 지독한 변덕꾸러기이고 절대적 행복, 영원한 행복이란 없는 듯하다.

그러니 우리는 행복을 그토록 원하면서 진정한 행복이 무엇인지 모르고 산다. 간혹 피파(로버트 브라우닝의 극시 《피파가 지나간다》의 주인공)처럼 자신이 남에게 준 행복을 깨닫지 못할 때도 있다. 하지만 새삼 생각해 보면 행복은 어마어마한 가치나 위대한 성취에 달린 것이 아니라 우리들이 별로 중요하게 생각지 않는 작은 순간들—무심히 건넨 한마디 말, 별생각 없이 내민 손, 은연중에 내비친 작은 미소 속에 보석처럼 숨어 있는지도 모른다.

이 나이에도 삶에는 꼭 갖고 싶은 멋진 것들이 많이 있습니다. 그것들을 공짜로 바라는 내 태도에 문제가 있는지 모릅니다. "비에 젖은 솔 내음"을 얻기 위해서는 그 향기와 아름다움을 느낄 줄 아는 마음을 내놓아야 하고, "당신을 사랑하는 눈매"를 사기 위해서는 내가 사랑하는 눈매를 주어야 한다는 아주 간단한 '물물교환'의 법칙을 잊고 살았습니다. 치사하게 내가 준 것만 조목조목 값을 따지고, 공짜로 얻은 것은 당연히 여기고 살았습니다.

19세기 미국 사상가이자 시인인 에머슨은 "아름다움은 하느님의 필적이다(Beauty is God's handwriting)"라고 했다. 이 세상에 존재하는 모든 것이 신이 일일이 써 놓은 필적이라면, 그 무엇이든 아름답지 않은 것이 있겠는가? 화려한 색깔로 멋있게 피는 작약꽃도 아름답지만, 바위 틈새에 숨어 피는 작은 들꽃도 아름답다.

번쩍이는 왕관을 쓴 미스 코리아, 주렁주렁 훈장을 단 장군, 수십 명의 수행원을 거느린 고위직 관리, 모두 아름다운 사람들이다. 그러나 시장 바닥에서 부끄러운 줄도 모르고 가슴을 드러내 놓고 아이에게 젖을 먹이는 과일 장수 아주머니, 공사장에서 허리가 휘어지도록 벽돌을 나르는 노동자, 쓰레기 더미 속에서 먼지를 뒤집어쓴 채 일하여 눈, 코, 입조차 분간할 수 없는 미화원들, 이들 역시 아름다운 사람들이다.

진정한 아름다움이란 무엇일까? 어쩌면 하느님의 필적은 우리 육체의 눈에는 보이지 않는 잉크로 쓰여서, 영혼의 아름다움을 찾는 이만 읽을 수 있는지도 모르다.

초등학교 1학년 때였던 것 같다. 하루는 우리 반이 좀 일찍 끝나서 나 혼자 집 앞에 앉아 있었다. 그런데 그때 마침 골목을 지나던 깨엿 장수가 있었다. 그 아저씨는 가위를 쩔렁이며, 목발을 옆에 두고 대문 앞에 앉아 있는 나를 흘낏 보고는 그냥 지나쳐 갔다. 그러더니 리어카를 두고 다시 돌아와 내게 깨엿 두 개를 내밀었다. 순간 아저씨와 내 눈이 마주쳤다. 아저씨는 아무 말도 하지 않고 아주 잠깐 미소를 지어 보이며 말했다.

"괜찮아."

무엇이 괜찮다는 건지 몰랐다. 돈 없이 깨엿을 공짜로 받아도 괜찮다는 것인지, 아니면 목발을 짚고 살아도 괜찮다는 말인지……. 하지만 그건 중요하지 않다. 중요한 것은 내가 그날 마음을 정했다는 것이다. 이 세상은 그런대로 살 만한 곳이라고, 좋은 친구들이 있고 선의와 사랑이 있고, '괜찮아'라는 말처럼 용서와 너그러움이 있는 곳이라고 믿기 시작했다는 것이다.

'그만하면 참 잘했다'고 용기를 북돋아 주는 말, '너라면 뭐든지 다 눈감아 주겠다'는 용서의 말, '무슨 일이 있어도 나는 네 편이니 넌 절대 외롭지 않다'는 격려의 말, '지금은 아파도 슬퍼하지 말라'는 나눔의 말, 그리고 마음으로 일으켜 주는 부축의 말, 괜찮아.

그래서 세상 사는 것이 만만치 않다고 느낄 때, 죽을 듯이 노력해도 내 맘대로 일이 풀리지 않는다고 생각될 때, 나는 내 마음속에서 작은 속삭임을 듣는다. 오래전 내 따뜻한 추억 속 골목길 안에서 들은 말—'괜찮아! 조금만 참아, 이제 다 괜찮아질 거야.'

아, 그래서 '괜찮아'는 이제 다시 시작할 수 있다는 희망의 말이다.

희망은 우리의 영혼에 살짝 걸터앉아 있는 한 마리 새와 같습니다. 행복하고 기쁠 때는 잊고 살지만, 마음이 아플 때, 절망할 때 어느덧 곁에 와 손을 잡습니다.

희망은 우리가 열심히 일하거나 간절히 원해서 생기는 게 아닙니다. 상처에 새살이 나오듯, 죽은 가지에 새순이 돋아나듯 희망은 절로 생기는 겁니다. 이제는 정말 막다른 골목이라고 생각할 때, 가만히 마음속 깊은 곳에서 들려오는 소리에 귀 기울여 보세요. 한 마리 작은 새가 속삭입니다.

"아니, 괜찮을 거야. 이게 끝이 아닐 거야. 넌 해낼 수 있어." 그칠 줄 모르고 속삭입니다. 생명이 있는 한, 희망은 존재하기 때문입니다.

그래서 희망은 우리가 삶에서 공짜로 누리는 제일 멋진 축복입니다.

모든 삶의 과정은 영원하지 않다. 견딜 수 없는 슬픔, 고통, 기쁨, 영광과 오욕의 순간도 어차피 지나가게 마련이다. 모든 것이 회생하는 봄에 새삼 생명을 생각해 본다. 생명이 있는 한, 이 고달픈 질곡의 삶에도 희망은 있다.

아프리카 어느 부족은 너무 웃자라 불편하거나 쓸모없게 된 나무가 있을 경우 톱으로 잘라 버리는 게 아니라 온 부락민들이 모여 그 나무를 향해 크게 소리 지른다고 합니다.

"넌 살 가치가 없어!"

"난 널 사랑하지 않아!"

"차라리 죽어 버려!"

이렇게 상처 주는 말을 계속하면 정말 나무가 시들시들 말라 죽어 버린다는 것입니다. 과학적으로 얼마나 증명이 가능한 이야기인지 모르지만, 말 한마디가 생명을 좌우할 수 있을 만큼 중요하다는 뜻이겠지요.

어떤 때는 무심히 내뱉은 말이 남의 가슴에 비수가 되어 꽂히기도 하고, 또 어떤 때는 내 말 한마디에 힘입어 넘어졌던 사람이 다시 용기를 갖고 일어나기도 합니다. 그만큼 내가 지금 하는 말은 그냥 허공에서 사라지는 것이 아니라 누군가의 가슴속에서 영원한 생명을 갖습니다.

노래하는 마음, 시를 쓰는 마음으로 하는 말은 누군가의 가슴속에서 영원히 보석처럼 빛납니다.

대학 때부터 지독한 근시였던 내가 삶의 가까운 쪽, 앞쪽, 아름다운 쪽만 보았다면, 아니 그것만 보기를 원했다면, 지금은 원시가 되어 가면서 삶의 좀 더 먼 쪽, 뒤쪽, 그리고 결코 아름답다고 할 수 없는 쪽도 눈에 들어온다.

삶에는 달콤한 꿈, 야망, 낭만적 환상, 별, 달, 장미 꽃밭, 아름다운 숲, 향기로운 미풍, 연인과 만나는 호텔 스카이라운지, 아이들이 분홍빛 조가비를 줍는 백사장이 있다. 또 삶에는 실패와 배신, 위험, 좌절도 있고 찌개가 타는 부엌, 악을 쓰고 우는 아기, 가족 간의 사소한 다툼들도 있다. 하나라도 더 팔려고 소리쳐 대는 시장통에도, 노동자들이 등짐을 져 나르는 건설 현장에도, 어깨를 스치며 다니는 복잡한 거리에도 삶은 있다. 삶은 사람들이 울고 웃고 싸우고 상처를 주고받고 그리고 사랑하고 미워하는 곳이면 어디에든 있다.

간혹 벌떡 일어나 하늘에 대고 소리치고 싶을 때가 있습니다. '왜 날 못살게 굽니까? 내가 뭘 잘못했다고? 그 높은 권좌에 앉아서 명령만 내리면서 내가 얼마나 힘들고 고통스러운지, 왜 그걸 몰라줍니까?' 하고…….

그래도 성에 차지 않으면 '어디 한번 해볼 테면 해보시라'는 오기가 발동할 때도 있습니다. 그러나 마음속 깊이 알고 있습니다. 아무리 큰 고통도 내 아픔을 위로해 주는 목소리 하나, 허공에 내미는 손을 잡아 주는 이 하나, 그런 작은 사랑이 있으면 견뎌 낼 수 있다는 것을 말입니다.

살다 보면 마치 온 세상이 다 내 것인 양, 한없이 기쁘고 희망에 찰 때가 있습니다. 그러나 그런 시간이 오래가지는 않습니다. 살다 보면 죽고 싶을 정도로 슬프고 절망스러울 때가 있습니다. 그러나 그런 시간도 오래가지 않습니다. 기쁜가 하면 슬프고, 슬픈가 하면 기쁜 게 인생입니다.

어느 축구 해설자가 말하더군요. "그라운드의 명선수는 얼마만큼 넘어지지 않는가에 달려 있지 않습니다. 얼마만큼 넘어졌다가 다시 일어나는가에 달려 있습니다." 인생의 그라운드도 마찬가지 아닐까요. 넘어져도 다시 일어설 줄 아는 사람이 인생이라는 게임의 명선수겠지요. 오늘 내리는 소나기는 내일 화사한 장미를 피울 전조니까요.

잠시 떠나고 싶지만 영원히 떠나고 싶지는 않은 곳이 바로 이 세상입니다. 어차피 운명은 믿을 만한 것이 못 되고 인생은 두 번 살 수 없는 것. 오늘이 나머지 내 인생의 첫날이라는 감각과 열정으로 사는 수밖에요.

그 무거운 책가방을 메고 목발을 짚고 눈비를 맞으며 힘겹게 도서관에 다니던 일, 엉덩이에 종기가 날 정도로 꼼짝 않고 책을 읽으며 지새웠던 밤들이 너무나 허무해 죽고 싶었다. 무엇보다 사랑하는 가족을 떠나 외롭고 힘들어도 논문을 끝내고 한국으로 돌아가는 일만을 희망으로 삼고 살아왔는데, 이제 모든 것이 수포로 돌아간 셈이었다.

어지러움을 참고 일어나 침대 발치에 있는 거울을 보았다. 헝클어진 머리에 창백한 유령 같은 모습이 나타났다. 가만히 내 눈을 들여다보았다. 그런데 참으로 신기하게도 내 속 깊숙한 곳에서 어떤 목소리가 속삭이는 것이었다.

'괜찮아. 다시 시작하면 되잖아. 다시 시작할 수 있어. 기껏해야 논문인데 뭐. 그래, 살아 있잖아……. 논문 따위쯤이야.'

선택의 여지가 없어져 본능적으로 자기방어를 하고 있는 것인지도 몰랐다. 그러나 그것은 분명 절체절명의 막다른 골목에 선 필사적 몸부림이 아니었다. 조용하고 평화롭게 있는 그대로를 받아들이고 일어서는 순명(順命)의 느낌. 아니, 예고 없는 순간에 절망이 왔듯이 예고 없이 찾아와서 다시 속삭여 주는 희망의 목소리였다.

15년이 흐른 지금 생각해도 여전히 가슴이 내려앉을 정도로 힘든 경험이었다. 그러나 그 경험을 통해서 나는 절망과 희망은 늘 가까이에 있다는 것, 넘어져서 주저앉기보다는 차라리 다시 일어나 걷는 것이 편하다는 것을 배웠다.

"빨리 입원하라"라는 전화를 받았을 때, 이상하게 나는 놀라지 않았다. 꿈에도 예기치 않았던 일인데도 마치 드디어 올 것이 왔다는 듯, 그냥 풀썩 주저앉았을 뿐이다. 뒤돌아보면 내 인생에 이렇게 넘어지기를 수십 번, 남보다 조금 더 무거운 짐을 지고 가기에 좀 더 자주 넘어졌고, 그래서 어쩌면 넘어지기 전에 이미 넘어질 준비를 하고 있었는지도 모른다. 그러나 신은 다시 일어서는 법을 가르치기 위해 넘어뜨린다고 나는 믿는다. 넘어질 때마다 나는 번번이 죽을힘을 다해 일어났고, 넘어지는 순간에도 다시 일어설 힘을 모으고 있었다. 그리고 그렇게 많이 넘어져 봤기에 내가 조금 더 좋은 사람이 되었다고 난 확신한다.

이제는 정말이지 아무런 희망이 없고, '막다른 골목'에 도달했다고 느껴질 때 차라리 우리의 선택은 쉬워질는지도 모른다.

우리에게 주어지는 선택은 단 두 가지뿐이다. 완전히 좌절하고 삶을 포기하거나, 아니면 그 상황을 또 다른 시작의 계기로 삼는 일이다. 그리고 최후의 승리는 두 번째 길을 택하는 자에게 돌아간다고 나는 확신한다.

힘내라. 언젠가 네가 문득 눈을 들어 저 파란 하늘을 쳐다보는 그날, 삶의 한가운데 서서 당당하고 치열하게 살았던 오늘을 떠올리며 살아가는 일이 아름답다고 느낄 그날을 위하여.

간혹 아침에 눈을 뜨면 불현듯 의문 하나가 불쑥 고개를 쳐듭니다. 어제와 똑같은 오늘, 아등바등 무엇을 좇고 있지만 결국 나는 무엇을 위해 살아가는가. 딱히 돈인 것 같지도 않고, 그렇다고 명예도 아닙니다. 그냥 버릇처럼 무엇이든 손에 닿는 것은 움켜쥐면서 앞만 보고 뛰다 보면, 옆에서 아파하는 사람도, 둥지에서 떨어지는 기진맥진한 울새도 눈에 들어오지 않습니다.

그렇게 뛰면서 마음이 흡족하고 행복한가 하면 그렇지도 않습니다. 결국 내가 헛되이 살아가고 있지 않은가 하는 두려움은 늘 마음에 복병처럼 존재합니다.

불가에서는 이 세상에 인간으로 태어나는 것은 들판에 콩알을 넓게 깔아 놓고 하늘에서 바늘 하나가 떨어져 그중 콩 한 알에 꽂히는 확률이라고 합니다. 그토록 귀한 생명 받아 태어나서, 나는 이렇게 헛되이 살다 갈 것인가.

누군가 나로 인해 고통 하나를 가라앉힐 수 있다면,

장영희가 왔다 간 흔적으로 이 세상이 손톱만큼이라도 더 좋아진다면 나 헛되이 사는 것 아니리…….

'오늘'이라는 시간의 무한한 가능성—잘난 척하며 살던 장영희가 어느 날 갑자기 암에 걸려 죽을 수 있다. 하지만 병을 통해 조금 더 겸손해지고, 조금 더 사랑을 배우고, 조금 더 착해진 장영희가 바로 오늘 성공적으로 항암 치료를 끝내고 병을 훌훌 털고 일어날 수도 있다.

그래서 최선을 다해 성실하게 살면 헛되지 않으리라는 믿음을 갖고, 늘 반반의 가능성으로 다가오는 오늘이라는 시간을 열심히 살아간다.

늘 이상향을 동경하고 힘든 현실로부터 해방되기를 꿈꾸는 사람이 있었다. 그는 그 행복한 세계를 찾기 위해 길을 떠났다. 며칠 동안 여행을 하고 잠을 자는데, 장난꾸러기 요정이 몰래 그의 신발코를 반대 방향으로 돌려놓고, 그의 꿈속에 나타나 앞으로 계속 가면 네가 찾는 곳이 나온다고 말해 주었다. 며칠 동안 여행을 한 그 사람은 드디어 자신이 동경하던 이상향을 찾고 행복하게 살았다. 그런데 사실 그가 이상향이라고 믿은 곳은 자신이 떠나온 바로 그곳이었다. 그러므로 우리가 찾으려고만 하면 '푸른 꽃'은 바로 우리 곁에 있는지도 모른다. 그리고 나는 포기하지 않는 자만이 그것을 찾을 수 있다고 믿는다.

입원한 지 3주째, 병실에서 보는 가을 햇살은 더욱 맑고 화사하다. '생명'을 생각하면 끝없이 마음이 선해지는 것을 느낀다. 행복, 성공, 사랑—삶에서 최고의 가치를 갖고 있는 이 단어들도 모두 생명이라는 단어 앞에서는 한낱 군더더기에 불과하다. '살아 있음'의 축복을 생각하면 한없이 착해지면서 이 세상 모든 사람, 모든 것을 포용하고 사랑하고 싶은 마음에 가슴 벅차다.

대학교 2학년 때 읽은 헨리 제임스의 《미국인》이라는 책의 앞부분에는, 한 남자 인물을 소개하면서 '그는 나쁜 운명을 깨울까 봐 무서워 살금살금 걸었다'고 표현한 문장이 있다. 나는 그때 마음을 정했다. 나쁜 운명을 깨울까 봐 살금살금 걷는다면 좋은 운명도 깨우지 못할 것 아닌가. 나쁜 운명, 좋은 운명 모조리 다 깨워 가며 저벅저벅 당당하게, 큰 걸음으로 걸으며 살 것이다, 라고.

아닌 게 아니라 내 발자국 소리는 10미터 밖에서도 사람들이 알아들을 정도로 크다. 낡은 목발에 쇠로 된 다리 보조기까지. 정그렁 찌그덩 정그렁 찌그덩, 아무리 조용하게 걸으려 해도 그렇게 걸을 수 없다. 그래서 그런지 돌이켜 보면 내 삶은 요란한 발자국 소리에 좋은 운명, 나쁜 운명이 모조리 다 깨어나 마구 뒤섞인 혼동의 연속이었다. 하지만 인생은 새옹지마라고, 지금 생각해 보면 흑백을 가리듯 '좋은' 운명과 '나쁜' 운명을 가리기는 참 힘들다. 좋은 일이 나쁜 일로 이어지는가 하면, 나쁜 일은 다시 좋은 일로 이어지고…… 끝없이 이어지는 운명 행진곡 속에 나는 그래도 참 용감하고 의연하게 열심히 살아왔다.

언젠가 어려운 처지에 있는 어느 학생이 내게 물었다. "한 눈먼 소녀가 아주 작은 섬 꼭대기에 앉아서 비파를 켜면서 언젠가 배가 와서 구해 줄 것을 기다리고 있습니다. 그녀가 비파로 켜는 음악은 아름답고 낭만적인 희망의 노래입니다. 그런데 물이 자꾸 차올라 섬이 잠기고 급기야는 소녀가 앉아 있는 곳까지 와서 찰랑이고 있습니다. 그러나 앞이 보이지 않는 소녀는 자기가 어떤 운명에 처한 줄도 모르고 아름다운 노래만 계속 부르고 있습니다. 머지않아 그녀는 자기가 죽는 것조차 모르고 죽어 갈 것입니다. 이런 허망한 희망은 너무나 비참하지 않나요?"

그때 나는 대답했다. 아니, 비참하지 않다고. 밑져야 본전이라고. 희망의 노래를 부르든 안 부르든 어차피 물은 차오를 것이고, 그럴 바엔 노래를 부르는 것이 낫다고. 갑자기 물때가 바뀌어 물이 빠질 수도 있고 소녀 머리 위로 지나가던 헬리콥터가 소녀를 구해 줄 수도 있다고. 그리고 희망의 힘이 생명을 연장시킬 수 있듯이 분명 희망은 운명도 뒤바꿀 수 있을 만큼 위대한 힘이라고.

그 말은 어쩌면 그 학생보다는 나를 향해 한 말인지도 모른다. 그래서 난 여전히 그 위대한 힘을 믿고 누가 뭐래도 희망을 크게 말하며 새봄을 기다린다.

원문 출처

《내 생애 단 한 번》, 샘터, 2000

《문학의 숲을 거닐다》, 샘터, 2005

《생일》, 비채, 2006

《축복》, 비채, 2006

《살아온 기적 살아갈 기적》, 샘터, 2009

《이 아침 축복처럼 꽃비가》, 샘터, 2010

《어떻게 사랑할 것인가》, 예담, 2012

《다시, 봄》, 샘터, 2014

삶은 작은 것들로

1판 1쇄 발행 2019년 4월 25일
개정증보판 1쇄 발행 2024년 12월 24일
개정증보판 2쇄 발행 2025년 1월 6일

지은이 장영희
펴낸이 김성구

책임편집 이은주
콘텐츠본부 고혁 양지하 김초록 류다경
디자인 이영민
마케팅부 송영우 김지희 김나연 강소희
제작 어찬
관리 안웅기

펴낸곳 (주)샘터사
등록 2001년 10월 15일 제1-2923호
주소 서울시 종로구 창경궁로35길 26 2층 (03076)
전화 1877-8941
팩스 02-3672-1873
이메일 book@isamtoh.com
홈페이지 www.isamtoh.com

ISBN 978-89-464-2294-0 03810

• 값은 뒤표지에 있습니다.
• 잘못 만들어진 책은 구입처에서 교환해드립니다.

(샘터 1% 나눔실천)
샘터는 모든 책 인세의 1%를 '샘물통장' 기금으로 조성하여
매년 소외된 이웃에게 기부하고 있습니다.
2023년까지 약 1억 1,200만 원을 기부하였으며,
앞으로도 샘터는 책을 통해 1% 나눔실천을 계속할 것입니다.